tredition®
www.tredition.de

AF295119

Schreiben heißt, sich selber lesen (Erich Fromm)

Rüdiger Koch

Spätlese

 tredition®
www.tredition.de

© 2016 Rüdiger Koch

Verlag: tredition GmbH, Hamburg

ISBN
Paperback: 978-3-7345-6679-0
Hardcover: 978-3-7345-6680-6
e-Book: 978-3-7345-6681-3

Printed in Germany

Inhalt

Ausgepackt

(Die nebenstehende Zeichnung erstellte Inge Steineke, Bremen. Abdruck mit freundlicher Genehmigung der Künstlerin.)

Wenn man doch schon vorher wüsste,
was wohl verbirgt uns diese Kiste.
„Vorsicht" steht da, auch: „Zerbrechlich".
Wir nähern uns dem an - gemächlich.

Der Gaukler mit dem Vogelkleid
lässt uns ein ganzes Jahr der Zeit!

Gezaubert wird dann aus dem Hut!
Für Überraschungen stets gut
sind in Paketen bunt gemischte Gaben,
die Freud´ und Leid als Eltern haben,
versetzt mit allerhand Gedanken,
die oft Geheimnisse umranken.

All das Gepäck will auf die Reise,
krachend im Abgang, manchmal leise.

Ein kleiner, roter Faltkarton
hat es geschafft und fliegt davon.
Der Gaukler lässt ihn gerne zieh`n.
Sein Finger zeigt: Wer weiß, wohin?

Winterliche Waldesruh
Grüße aus Absurdistan

Trari, trara schallt es im Wald,
den Blechblasgruppen wird es kalt.
Tubisten von der Feuerwehr,
Trompeter sind sogar vom Heer.

Da draußen friert es Stein und Bein,
man richtet schnell ein Biwak ein.
Ein Hauptmann rät zu Dauerlauf.
Das THW stellt Zelte auf.

Ein Kornettist verfällt in Trab
und friert sich fast die Ohren ab.
Es bibbert der Posaunenchor,
ihr Notenwart ganz furchtbar fror.

Vor Kälte ist er ganz benommen,
´ne warme Suppe wär' willkommen.
Schalmeien stellt der Spielmannszug,
es friert auch jener, der die Lyra trug.

Der kalte Nordwind bläst erbittert,
derweil der Schellenbaum erzittert.
Ein Schützenbruder geht nach vorn
und bläst gewaltig in sein Horn.

Vom Bläserwerk ein Diakon
greift rasch zu seinem Bariton,
noch ehe dessen Ton verklingt,
hört man am Sound, dass etwas swingt.

Vom Timing her kommt wenig später
völlig verfror'n ein Jazztrompeter.
Er spielt die Changes rauf und runter
und macht die andren Bläser munter.

Blechbläser aller Bläser-Stile,
von denen gibt es reichlich viele.
Sie kommen um dem Spiel zu frönen
und auch um sich zu übertönen.

Nur eines bleibt dabei stets stumm:
Das ist im Wald das Publikum.
Vor Rehen, Dachsen und auch Hasen
wird heute hier der Marsch geblasen.

Den meisten Eichen, Buchen, Schlehen
vergeht beim Lärm Hören und Sehen.
Ameisen, Asseln, Käfer, Spinnen
werden dem Lärm auch nicht entrinnen.

Die Waldbewohner über Nacht
hat Marketing zu Fans gemacht.
Folglich sind Oberkrain und Egerland
den meisten Waldbewohnern jetzt bekannt.

Allein bei Bebob, Blues und Swing
ist das Interesse noch gering.
Doch richt´ge Fans auch hier ausharren.
Sie wollen ihre Stars anstarren.

Weit mehr noch möchten sie mal hören,
wie Bläser Waldesruhe stören
mit Marschmusik und Tralala
und „Alle Vögel sind schon da".

Den Vögeln aber war's zu kalt,
deshalb verließen sie den Wald
und überließen, richtig frech,
die Waldbeschallung ganz dem Blech.

Alte Freunde

Was gleich beginnt, kann unterschiedlich enden

(Der kursiv gesetzte Anfang der Kurzgeschichte wurde von Christel Daesler-Lohmüller, Berlin, verfasst. Ihre Geschichte fand zwei unterschiedliche Fortsetzungen, die erste vom Autor dieses Buches, die zweite von Liana v. Fromberg-Koch, Hinte. Ich bedanke mich bei beiden Autorinnen für die freundliche Genehmigung zum Abdruck ihrer Texte.)

Die kleine bunt zusammengewürfelte Wandergruppe, der sie sich angeschlossen hatte, seit ihr Mann verstorben war, hatte versucht das Beste aus diesem verregneten Wandertag zu machen. Nachdem sie eine Weile dem Wetter getrotzt hatten, fanden sie ein Café und kehrten dort ein. Eine von ihnen bestellte einen Fliederbeersaft. Holunderblüten waren in letzter Zeit ja wieder in Mode gekommen.

Der einzige Mann in der Runde erzählte, auf dem Hinterhof, wo er großgeworden sei, habe ein Holunderbaum gestanden. In der Stadt war das etwas Besonderes!

Sie stutzte. „Ach, tatsächlich?“ Sie erinnerte sich, dass auch bei ihnen im Hof ein Holunderbaum gestanden hatte.

Nach einigen weiteren Sätzen war klar, dass es sich um denselben Holunderbaum handelte.

Sie sagte: „Dann müssen Sie Frank Wegner sein."
„Richtig!" Er hatte im rechten Seitenflügel im 1.
Stock gewohnt. Er war einige Jahre älter als sie,
klein und drahtig wie früher. Sie hätte ihn nicht wie-
dererkannt. Als Kinder hatten sie immer zusammen
in dem Waschzuber gebadet, wenn die Mütter in
der Waschküche große Wäsche hatten.

Natürlich gab es viel Gesprächsstoff. An welche
Plätze konnte man sich noch erinnern. Wer kannte
wen, wer hatte zu wem noch Kontakt? Wie ist das
Leben bei allen weitergegangen?

Beide hatten keine Partner und keine Kinder.

Sie war eine wohlsituierte Witwe. Er erwähnte mehrere Partnerschaften, die durch „unglückliche Um-
stände" wieder auseinandergegangen waren. Beruflich hielt er sich etwas bedeckt. „War wohl keine
Erfolgsstory", dachte sie nur. In den letzten drei
Jahren hatte er seine Mutter gepflegt und mit dem
Pflegegeld war er so über die Runden gekommen,
ohne große Ansprüche zu haben.

Sie hatte ihn zu sich eingeladen, um ihm alte Fotos
zu zeigen. Sie hatte sich schick gemacht wie schon
lange nicht mehr. Er gefiel ihr, und er erschien ihr
schnell wieder vertraut, obwohl 60 Jahre dazwi-
schenlagen. Und endlich hatte sie jemanden, mit
dem sie ihre Erinnerungen austauschen konnte. Sie
reiste gerne in die Vergangenheit. Er brachte ihr

Blumen mit, nicht wissend, dass sie solche Mitbringsel vor allem als Arbeit verursachend betrachtete.

Sie verabredeten ein weiteres Treffen, sozusagen einen „Ortstermin". Sie wollten sich zusammen das Haus, den Hof und den Dachboden noch einmal ansehen.

Beide hatten nicht bedacht, dass der Eingang verschlossen sein würde und so warteten sie ziemlich lange, bis jemand aus dem Haus kam und sie einließ. Ihre Erklärung wurde mit einem Stirnrunzeln bedacht.

Der Durchgang zum Hof schien beiden düster und schäbig, der Hof klein, eng und dunkel, ohne Sonne. Die Fronten der Hinterhäuser runtergekommen. Sie konnten sich nicht einigen, wo der Holunder gestanden hatte. Im hinteren, etwas helleren Teil des Hofes fanden sie einen Birnbaum wieder und eine Klopfstange, die die Kinder früher nutzten, um aus alten Decken ein Zelt zu bauen.

Natürlich war auch der Seitenflügel verschlossen. Keine Chance, auch den Dachboden anzusehen. Früher waren die Kinder beim Spielen (Räuber und Gendarm) über die Dachböden entschwunden und einige Häuser weiter wieder runtergekommen.

Weitere Anekdoten wurden ausgetauscht. So lachte man wieder über Elvira aus dem Nebenhaus, eine junge Frau mit barocken Formen, die immer sehr leicht bekleidet auf den Balkon trat und mit den Bauarbeitern auf dem Gerüst nebenan oder Männern auf der Straße flirtete.

Von da an trafen sie sich regelmäßig und natürlich blieb es nicht aus, auch ausführlicher darüber zu sprechen, wie die 60 Jahre verlaufen waren, was jeder von ihnen aus seinem Leben gemacht hatte.

Sie hatte einen sehr gradlinigen Lebenslauf, kaum Brüche oder fundamentale Veränderungen, keine Ortswechsel. Sie war nach der Lehre bei zwei Firmen und dann bis zur Rente im öffentlichen Dienst beschäftigt gewesen, hatte früh geheiratet und war immer mit demselben Mann verheiratet gewesen.

Bei ihm gab es viele Veränderungen, Neuanfänge, Wechsel, sowohl privat als auch beruflich, einige Änderungen, die sie gar nicht nachvollziehen konnte, unerklärliche Sprünge, und so erzählte er ihr schließlich, dass er vor 20 Jahren wegen Raubes mehrere Jahre im Gefängnis gesessen hatte. Sie war schockiert, das passte nicht in ihr Weltbild. Sie wusste nicht, was sie sagen sollte.

An diesem Abend verabschiedete sie sich unter einem Vorwand sehr schnell.

Er hatte noch mehrmals angerufen, sie war froh, dass sie gerade unterwegs gewesen war. Doch nun wollte sie sich nicht verleugnen lassen.

Nach einer Weile legte sie den Telefonhörer auf und seufzte. Nachdenklich guckte sie aus dem Fenster. Was sollte sie davon halten? Dabei hatte alles so gut angefangen, geradezu schicksalshaft.

Fortsetzung 1: Rüdiger Koch

In den nächsten Tagen ging es ihr nicht gut, offenbar hatte sie sich bei dem spätherbstlichen Schmuddelwetter eine starke Erkältung zugezogen. Sie war ja so empfindlich! Vorsorglich hatte sich Hulda, so hieß die alte Frau, eine große Kanne Fliederbeertee gekocht, abgeseiht und dann in kleinen Schlucken getrunken.

Sie erinnerte sich dabei an ihre Kindheit, wie sie von ihrer Mutter, einer durch und durch resoluten Frau, bei dem geringsten Anzeichen einer Erkältung sofort ins Bett gesteckt wurde.

Dort bekam Hulda, unter großen Federbetten begraben, mit einer Schnabeltasse heißen Fliederbeertee eingeflößt, um ins Schwitzen gebracht zu werden. Zumeist waren nach einer solchen Schwitzkur am nächsten Morgen die Erkältungssymptome wie weggeblasen.

Es war schön, so umsorgt zu werden!

Schmerzlich wurde Hulda bewusst, dass sie seit dem Tod ihres Mannes niemanden mehr hatte, der sie umsorgen würde und dass auch niemand auf sie wartete, den sie hätte umsorgen können.

Mit schrecklicher Gewissheit wurde ihr klar, dass sie allein auf dieser Welt war, alt und einsam, ohne Kinder, ohne Mann und auch ohne einen Freundeskreis, denn ihre „Freunde" waren nach dem Tod ihres Mannes nach und nach weggeblieben, einige bereits auch schon verstorben.

Nein, sie machte sich nichts vor: Es gab keinen Menschen, der an sie dachte, dem sie etwas bedeutete. Auch die Mitglieder jener „Wandergruppe", der sie sich für eine Wanderung über die Schwäbische Alb angeschlossen hatte, waren nach Erreichen ihres Zielortes Münsingen in alle Himmelrichtungen verschwunden.

Hulda war sich sicher, sie würde sie nie wiedersehen, auch wenn man sich doch genau dies am gemeinsamen Abschiedsabend beim Trollinger noch feierlich gegenseitig zugesichert hatte.

Lediglich mit Frank Wegner war sie nach Beendigung ihrer Reise noch in Kontakt geblieben. Sie hatte seine Anwesenheit zu schätzen gewusst und auch seine Aufmerksamkeit genossen. Dass sie keine Blumen mochte, konnte er ja nicht ahnen. Wie auch? Sie hatte ihm ja nie eine Gelegenheit gegeben, außer belanglosen Details etwas wirklich Interessantes über sie zu erfahren.

Sie hatte ihrem Namen Hulda, der im Nordischen so viel wie „verborgen" und „Geheimnis" bedeutet, alle Ehre gemacht.

Dabei war sie es doch gewesen, die mit zweierlei Maß gemessen hatte, als sie ihren Freund aus Kindheitstagen dafür abstrafte, dass er sich mit seinem Gefängnisaufenthalt offenbart hatte. Frank Wegner war wenigstens ehrlich gewesen, als er ihr gegenüber mit der Wahrheit herausrückte und sich „outete", so wie man sich bei echten Freunden eben verhält. Sie dagegen?

Wie hatte sie sich verhalten, als vor ihrer Haustüre ...? Nein, daran wollte sie jetzt nicht denken und schon gar nicht daran rühren.

Unvermittelt kam ihr Gernot, ihr verstorbener Mann, in den Sinn. Er war Oberstudienrat am hiesigen Leibniz-Gymnasium gewesen, hatte Deutsch und Philosophische Propädeutik unterrichtet und war darüber hinaus ein profunder Nietzsche-Kenner gewesen, der in seinem gesellschaftlichen Umfeld berühmt, aber auch berüchtigt dafür gewesen war, bei allen möglichen Gelegenheiten mit einem Nietzsche-Zitat aufwarten zu können.

Wie kam es nur, dass ihr gerade jetzt der Aphorismus einfiel, der zu ihres Mannes Lieblingszitaten gehörte und den sie aus der Erinnerung noch ungefähr wiedergeben konnte:

„Das habe ich getan", sagt mein Gedächtnis. „Das kann ich nicht getan haben", sagt mein Stolz. Endlich gibt das Gedächtnis nach.

Blitzartig kam ihr eine Erkenntnis: Ja, so war es gewesen!

Plötzlich stand die Szene ganz klar vor ihrem Auge. Sie stand auf ihrem Balkon, als unter ihr auf der Straße ein junger Mann von einem weinroten Volvo Kombi angefahren wurde, durch die Luft flog, sich überschlug und dann mit seltsam verdrehten Gliedmaßen auf dem Asphalt liegen blieb.

Bis auf den Aufprall des Körpers auf das Auto und das anschließende Quietschen beim Durchdrehen der Räder des Volvo war kein Geräusch zu hören gewesen.

Nur der Blick des auf dem Rücken liegenden Schwerverletzten hatte Hulda getroffen und ihr Nervensystem in Aufruhr versetzt. Es war ein bittender Blick aus geschlitzten Augen gewesen, den sie im Gesicht des jungen Asiaten, wahrscheinlich Vietnamesen, zu sehen meinte und der ihre Nerven flattern und Glieder zittern ließ, der sie aber dennoch nicht daran gehindert hatte, geistesgegenwärtig die Nummer vom Kennzeichen des in den Unfall verwickelten Fahrzeugs zu notieren.

Anstatt aber nun Hilfe durch den Rettungsdienst zu organisieren, rief Hulda ihren Mann im Gymnasium an, ließ ihn aus der Oberstufen-Klasse, in der er gerade Brechts Drama „Der gute Mensch von Sezuan" behandelte, herausrufen und schilderte ihm aufgeregt, was sie vor wenigen Minuten von ihrem Balkon aus gesehen hatte.

Ihr Mann war die Ruhe selbst bei ihrem Gespräch, warnte aber eindringlich davor, sich mit ihrem Wissen bei der Polizei zu melden.

Sie würde endlose Scherereien bekommen und das sei doch die ganze Angelegenheit nicht wert. Auch wenn die Polizei wegen einer Hausbefragung zu ihnen käme, solle sie sich am besten unwissend stellen, weil sie ansonsten in einem späteren Prozess gegen den Unfallverursacher aussagen müsse und ihre Aussagen als Zeugin der Anklage eventuell von den Verteidigern zerpflückt würden und sie selbst in Misskredit gebracht werden könnte.

Die unaufgeregte ruhige Weise, in der ihr Mann zu ihr sprach, hatte ihre Wirkung auf Hulda nicht verfehlt. Sie versprach ihm, genauso zu handeln, wie er es ihr angeraten hatte. Sie drehte anschließend das Radio auf, hörte ihre Lieblingssendung „Oldies sind Goldies", die der Sender im Vormittagsprogramm ausstrahlte und tat ganz überrascht, als die nette Polizistin klingelte und sich bei ihr erkundigte, ob sie etwas von dem schrecklichen Unfall vor ihrer Haustür mitbekommen habe.

Nein, sie habe staubgesaugt und dabei das Radio laut aufgedreht und kein auffälliges Geräusch von der Straße gehört. Was denn passiert sei?

Sie war sich mit der Polizistin anschließend einig, dass man den Kerl, der so etwas gemacht habe und dann auch noch abgehauen sei, unbedingt erwischen und dingfest machen müsse.

Als gegen Mittag ihr Mann nach Hause kam, berichtete sie ihm, dass mit dem Besuch der Polizei genau das eingetreten sei, was er vorausgesehen habe.

Ihr Mann hatte ihr wohlwollend zugehört und sie anschließend dafür gelobt, dass sie alles genau richtiggemacht habe.

Das Gefühl, das Richtige getan zu haben, dauerte selbst noch am nächsten Tag an, als sie in ihrer Lokalzeitung las, dass ein junger Mann ausländischer Herkunft an den Folgen eines Verkehrsunfalls mit Fahrerflucht gestorben sei.

Das Fahrzeug des Unfallverursachers sei mit hoher Wahrscheinlichkeit ein silbergrauer Mercedes-Kombi gewesen.

Darüber musste sie schmunzeln, denn sie wusste es ja besser. Dass es in Wirklichkeit ein Volvo Kombi war, der den Unfall verursacht hatte, konnte sie mit absoluter Sicherheit sagen, weil genau dieser Fahrzeugtyp einem Kollegen ihres Mannes gehörte, einem Mann und Familienvater, in den sie sich heimlich verguckt hatte.

In etlichen Tagträumen war ein weinroter Volvo Kombi ihre Familienkutsche gewesen, in dem sie auf dem Beifahrersitz neben ihrem Traummann saß, hinter sich auf der Rückbank die drei Kinder, die sie sich immer gewünscht hatte. Nein, da machte ihr keiner etwas vor: Das von der Polizei gesuchte Fahrzeug war nicht silbergrau, sondern weinrot.

Es war auch kein Mercedes, sondern definitiv ein Volvo!

Dass nur sie die Wahrheit kannte, machte sie sogar glücklich. Das geheime Wissen, das sich so treffend in ihrem Namen Hulda widerspiegelte, hatte sie aber nicht nur zeitweise euphorisch und stolz, ja fast schon überheblich werden lassen, sondern auch einsam gemacht ...

Jetzt, viele Jahre nach dem tragischen Unfallgeschehen vor ihrer Haustür, interessierte sich niemand mehr für ihre damaligen Beobachtungen des Tathergangs. Mit ihrem nunmehr unnützen Wissen stand sie am Ende allein da, hatte nichts bewirkt, nicht dem Recht gedient, nicht dazu beigetragen, dass ein aus Feigheit und Verantwortungslosigkeit begangenes Verbrechen gesühnt wurde.

Frank Wegner kam ihr in den Sinn, der Frank, mit dem sie als Kind Räuber und Gendarm gespielt hatte. Frank war schon damals stets bei den Räubern und damit einer von den „Bösen" gewesen, während sie immer zur Gruppe der Ordnungshüter gehört hatte.

Frank, der kleine drahtige Frank, war seiner Kindheitsrolle treu geblieben und hatte sich inmitten seiner krausen Lebensverhältnisse zu einem Raub hinreißen lassen, war prompt geschnappt worden und hatte seine Tat in einer Gefängniszelle gesühnt.

Sie, die tugendhafte Hulda, die stets bei den „Guten" war und sich anschickte, bei den Gendarmen für Recht und Ordnung zu sorgen, hatte das eine Mal prompt versagt, wo es darauf angekommen wäre, zu zeigen, dass sie es ernst meint mit Strafverfolgung und Sühne.

Mittlerweile dämmerte ihr, dass es eigentlich keinen Grund gab, sich über Frank Wegner zu erheben, der zwar, wie er es nannte, Mist gebaut hatte, dann aber die Größe besaß, nach Verbüßung seiner Strafe offen über sein Delikt zu sprechen. Wenn das kein Vertrauensbeweis war!

Und sie, was hatte sie anzubieten? Ein Leben an der Seite eines Mannes, der für sie alle Schwierigkeiten aus dem Weg räumte, der jedoch, wenn es darauf ankam, ungeachtet seiner profunden Nietzsche-Kenntnisse, elementare ethische Grundsätze einfach über Bord warf und stattdessen in inhumaner, abstoßender Weise opportunistisch, konfliktscheu und letztlich selbstsüchtig handelte.

Nie zuvor hatte sie es so klargesehen: Sie hatte versagt, denn Menschlichkeit verlangt danach, Verantwortung zu tragen, verlangt nach Mut sowie nach der Bereitschaft, Unannehmlichkeiten auf sich zu nehmen. Sie hatte versagt, weil sie sich freiwillig in eine geistig-moralische Abhängigkeit von ihrem Mann und damit in die eigene Unmündigkeit begeben hatte.

War das schicksals-haft?

Die alte Frau glaubte fest daran, erkannte schließlich aber auch, dass die Haftbedingungen, die zu diesem Schicksal gehörten, langjährige Isolation und Einsamkeit gewesen waren.

Davon wollte sie sich jetzt endlich befreien!

Erneut griff sie zum Telefonhörer.

Die Nummer von Frank Wegner war noch eingespeichert ....

Fortsetzung 2: Liana von Fromberg-Koch

Sie rekapitulierte das Gespräch noch einmal. Er hatte ihr ausführlich von seinem Leben erzählt, insbesondere darüber, wie es zu dem Raub gekommen war.

Er hatte ein kleines Bauunternehmen gehabt, war aber durch die Insolvenz zweier Bauherrn, die ihm nicht unbeträchtliche Summen schuldeten, selbst in unerwartete Zahlungsschwierigkeiten geraten. Er musste Arbeiter entlassen, konnte Aufträge nicht zu Ende bringen und wurde von Bauherrn und Lieferanten verklagt. Die Prozesse verlor er, Anwaltskosten türmten sich auf und schließlich musste er selbst Konkurs anmelden. Sein kleines Reihenhaus, in dem er mit seiner Partnerin wohnte, kam unter den Hammer, die Beziehung litt und zerbrach.

In der Folgezeit lebte er von Sozialhilfe und bemühte sich um einen neuen Job. Aber jenseits der 45 war das nicht so einfach.

Obwohl ihr Verhältnis nie besonders herzlich gewesen war, besuchte er jetzt öfters seine Mutter, die seit dem Tod des Vaters allein in dem großen Haus logierte, das sie einst nach dem wirtschaftlichen Aufstieg als Familie bewohnt hatten.

Bei einem seiner Besuche lernte er zufällig eine ihrer Freundinnen kennen, die etwa 10 Jahre jünger war als sie, im Haus nebenan lebte und sehr wohlhabend war. Die Nachbarin half seiner Mutter, die leicht gehbehindert war, das Öfteren. Die beiden Frauen waren vertraut miteinander, verwahrten gegenseitig die Hausschlüssel - für Notfälle.

Man trank zusammen eine Tasse Tee und die Freundin erzählte von ihrem Enkel, der gerade sein Abitur bestanden habe und dem sie ein Auto schenken wolle. Sie werde das Geld, knapp 30 000 Mark, gleich noch von der Bank holen, um es dem Händler, der das Auto am nächsten Nachmittag bringen wolle, bar auszuhändigen.

Frank versicherte, er habe die Nachbarin noch darauf hingewiesen, dass es verdammt riskant sei, mit so viel Bargeld allein durch die Gegend zu laufen. Dann möge er sie doch einfach begleiten, habe die Nachbarin ihm entgegnet – und das tat er auch. Nach dem Besuch bei der Bank brachte er sie nach Hause und an der Tür bat sie ihn noch auf ein Likörchen zu sich herein. Sie legte den Umschlag mit dem Geld in eine Kommode, holte noch ein paar Kekse und während der kleinen Plauderei, die sich anschloss, erfuhr er, dass sie seine Mutter am nächsten Morgen zu einem Arzt begleiten werde.

In diesem Moment sei ihm die Idee gekommen, die verhängnisvolle Idee, die sein ganzes weiteres Leben überschatten sollte: Das Geld in der Kommode könnte die Grundlage für einen neuen beruflichen Start werden.

Er sei nach Hause gegangen und die Idee habe ihn von da an nicht mehr losgelassen. Er sei wie besessen davon gewesen, seinem Leben noch einmal eine neue, bessere Wende zu geben. Er nutzte die Nacht, um sich einen Plan zurechtzulegen, wie er vorgehen wollte. Eigentlich war das Risiko sehr gering, er würde hineingehen, sich den Umschlag nehmen und ganz schnell wieder verschwinden. Um die letzten Skrupel zu vertreiben, sagte er sich auch, dass die Frau ja so reich sei, so dass sie den Verlust bestimmt verkraften würde.

Am nächsten Morgen habe er abgepasst, dass seine Mutter von der Nachbarin abgeholt würde, er habe sich aus der Küchenschublade der Mutter den Schlüssel der Nachbarin genommen, sei in deren Haus gegangen, habe die Kommode geöffnet und den Umschlag mit dem Geld genommen. Direkt unter dem Umschlag lag noch ein besonders kunstvoll gestaltetes altes Schmuckstück, das er auch noch mitnahm.

Als er gerade das Zimmer durchquert hatte um das Haus wieder zu verlassen, kam unerwartet die Haushaltshilfe der Nachbarin zur Tür herein, die ihm schon hin und wieder begegnet war, wenn er seine Mutter besucht hatte. Beide erschraken sich furchtbar und die Frau begann laut zu schreien. In seiner Panik stieß er die Frau so heftig zur Seite, dass sie unglücklich stürzte und sich leicht am Kopf verletzte.

Es kam, wie es kommen musste: Nach der Aussage der Haushaltshilfe wurde er festgenommen. Die Bestohlene hatte angegeben, dass ihr 30.000 Mark gestohlen worden seien. Er habe sich geständig gezeigt, das Geld aus der Beute freiwillig zurückgegeben und deshalb ein etwas milderes Urteil bekommen, zumal er nicht vorbestraft war.

Trotzdem habe er gut drei Jahre im Knast sitzen müssen. Er habe die Zeit nur einigermaßen unbeschadet überstanden, weil er seine Tat zutiefst bereut und sich geschworen habe, nie wieder auf die schiefe Bahn zu kommen.

Während der Zeit der Haft habe er mit seiner Mutter in regelmäßigem Briefwechsel gestanden. Sie sei zwar mehr als entsetzt gewesen über seine Tat , die sie als Nachbarin der Bestohlenen in besonderer Weise betroffen habe. Aber als gute Christin habe sie ihm schließlich doch verzeihen können, weil sie spürte, wie sehr er seine Schuld bereute.

Nach der Haftzeit hielt er sich mit kleinen Jobs über Wasser und es kam ihm mehr als gelegen, dass er schließlich zu seiner Mutter in ihr Haus ziehen konnte, als diese pflegebedürftig wurde. Die Nachbarin wohnte inzwischen bei ihrer Tochter, so dass er ihr nicht mehr begegnen musste. Er pflegte seine

Mutter bis zu ihrem Tode und erbte einiges Kapital sowie das elterliche Haus. Da er nur eine kleine Rente bezog, verkaufte er es, legte einen Teil des Geldes in einer preiswerten Einzimmer-Eigentumswohnung an und lebte von Rente und Zinsen nicht üppig, aber auskömmlich.

Sie hatte sich seine Ausführungen ruhig und bemüht vorurteilslos angehört. Aber sie konnte auch nicht verleugnen, dass ihr seine Tat doch sehr wesensfremd war. Sie hatte beim Abschied am Telefon offengelassen, ob sie ihn noch einmal sehen wollte. Bei aller Abscheu dessen, was er getan hatte, spürte sie doch auch ein bisschen Mitleid mit ihm, denn er war ja unverschuldet in die Notlage geraten, die die Lawine ausgelöst hatte. Sie konnte schätzen, dass er so offen gewesen war und ihr seine Tat in allen Details ohne Umschweife offenbart hatte. Bei seinem jetzigen Anruf hatte sie seine Verzweiflung deutlich gespürt. Er hatte ihr gesagt, dass sie ihm so viel bedeute, dass sie ihm so fehle, dass sein Leben durch die Begegnung mit ihr endlich wieder einen Sinn bekommen habe und dass er sie um eine zweite Chance bitte.

Auch sie musste sich eingestehen, dass es ihr ähnlich ging, ja, dass sie sich tatsächlich in ihn verliebt hatte. Und sie hatte längst begonnen davon zu träumen, sich vielleicht sogar mit ihm zusammenzutun, um noch einige schöne Lebensjahre gemeinsam zu verbringen.

Aber könnte sie je vergessen, welche Bürde dieser Mann mit sich herumschleppte?

In ihrem ganzen Leben hatte sie nie etwas Illegales getan. Jedes Parkknöllchen wurde sofort bezahlt und sie hätte eher noch etwas dazugelegt, als jemandem etwas wegzunehmen. Aber er hatte ja schließlich auch für seine Tat gebüßt.

Sie sah sich um in ihrer Wohnung - alles war so wohlgeordnet und gepflegt - beruhigend, aber auch so furchtbar ereignislos und langweilig. Er hatte ihr Herz wieder zum Schlagen gebracht, seine liebevollen Blicke und Komplimente hatten ihr gutgetan, sie hatte sich wieder wie eine junge Frau gefühlt. Irgendwie war es nicht einzusehen, warum sie das alles aufgeben sollte.

Sie rief ihn am nächsten Morgen an und willigte ein, ihn erneut zu treffen.

Er kam und es wurde eine lange Nacht. Ihre Gespräche drehten sich noch einmal um seine Tat, die Jahre im Gefängnis und danach und sie sah immer mehr den Menschen in seiner Not hinter all den Fakten, die sie so verstört hatten.

Aber zum Schluss nahm sie ihm ein Versprechen ab, ohne das sie nicht auf Dauer mit ihm würde leben können: Er würde ihr gegenüber immer die

Wahrheit sagen und niemals wieder etwas unternehmen, das auch nur im Entferntesten illegal wäre. Er versprach alles, es folgten weitere Treffen und eines Abends blieb er und auch die Abende danach.

Sie verbrachten nun schon fast ein Jahr gemeinsam und waren sehr glücklich. Er hatte seine Wohnung aufgegeben und war mit in ihr Haus gezogen. An der Haustür standen jetzt ihre beiden Namen: Gerlinde Hermann und Frank Wegner. Sie machten Spaziergänge, hörten Musik, kochten zusammen, unternahmen kleine Reisen, nahmen am kulturellen Leben teil.

Sie hatte keinen Tag mehr gezweifelt, dass sie die richtige Entscheidung getroffen hatte, als sie sich entschieden hatte, den Kontakt zu ihm wiederaufzunehmen.

Ihren ersten Jahrestag wollten sie in besonderer Weise begehen. Sie hatten sich Karten für ein Konzert der Berliner Philharmoniker besorgt und Gerlinde hatte sich extra ein neues Kleid gekauft, schwarz mit einem hübschen, nicht zu tiefen Ausschnitt, wie es eben für ihr Alter angemessen war.

Als sie am Abend des Jahrestages fertig angekleidet und geschminkt vor ihm stand, nahm Frank sie in die Arme und sagte ihr, dass sie die Frau seines Lebens sei und dass sie ihm alles bedeute. Sie genoss diesen Augenblick und schaute im nächsten

Moment auf ein kleines Schächtelchen, das er aus seiner Hosentasche gezogen hatte und ihr nun hinhielt. Sie nahm es, öffnete es und schaute hinein. Ein zartes Kettchen mit einem Amulett lag darin, ganz fein und besonders hübsch gearbeitet. Juweliersarbeit - ein Einzelstück, das sah man sofort. Frank sagte ihr, dass es mal seiner Mutter gehört habe und sie freute sich besonders darüber, dass das Kettchen nun an sie weiterging, quasi als Familienerbstück und auch als ein Versprechen.

Vorsichtig legte er ihr die Kette um und sie begutachtete sich im Spiegel. Das Schmuckstück passte zu ihr und verlieh ihrem schönen Kleid weiteren Glanz. Frank stand hinter ihr und küsste ihr Haar. Gerlinde konnte ihren Blick von diesem Bild vollkommener Harmonie kaum lösen.

Aber es wurde Zeit für das Konzert. Sie riefen eine Taxe, erreichten die Philharmonie, gaben ihre Garderobe ab und strebten der Tür zum Konzertsaal zu, als ihnen eine alte Dame in Begleitung einer etwas jüngeren Frau, vielleicht ihrer Tochter, entgegenkam.

Gerlinde bemerkte, dass Frank in seiner Bewegung innehielt, als er die Frau sah und sie meinte auch im Gesicht der alten Dame Anzeichen für ein Wiedererkennen zu spüren. Die Frau blieb abrupt stehen und musterte sie. Gerlinde hörte, wie sie zu ihrer Begleiterin sagte: „Ich bin sicher, das ist er."

Dann wanderte der Blick der alten Dame zu Gerlinde und blieb auf ihrem Hals mit der Kette hängen. „Dass Sie es wagen...! Meine Kette...! Die Kette meiner Mutter...!" Mit einer blitzschnellen Bewegung schoss ihre Hand vor, um die Kette vom Hals der Person zu reißen, der diese mit Sicherheit nicht gehörte.

Gerlinde wurde heftig nach vorn gerissen, die dünne Kette gab nach und verschwand in der Hand der alten Dame, die sich umdrehte und sich mitsamt ihrer Begleiterin raschen Schrittes entfernte. Gerlinde brauchte einen Moment um überhaupt zu begreifen, was sich da eben ereignet hatte.

Ganz allmählich fügten sich die Puzzleteile zu einem Ganzen und sie begann die Zusammenhänge zu verstehen. Auch wenn sie nie darüber gesprochen hatten, erinnerte sie sich, dass er bei der Schilderung seiner Tat etwas von einem Schmuckstück erzählt hatte. Gerlinde blickte zu Frank, der leichenblass neben ihr stand. Er wollte ihre Hand ergreifen und setze an etwas zu sagen, aber Gerlinde riss sich los, stürzte die Treppe hinunter und rannte zu einer der Taxen, die vor der Philharmonie standen.

Tränenüberströmt betrat sie ihr Haus, stieg im Dunkeln die Treppe zum Schlafzimmer empor und warf sich aufs Bett.

Irgendwann gegen Morgen musste sie eingeschlafen sein. Ein Blick auf den Wecker sagte ihr, dass es bereits fortgeschrittener Vormittag war. Das Bett neben ihr war leer.

Sie zog sich das schwarze Abendkleid aus, das sie immer noch trug, warf sich einen Bademantel über und ging ins Erdgeschoss um nachzuschauen, ob Frank möglicherweise im Laufe der Nacht nach Hause gekommen war und sich auf die Couch im Wohnzimmer gelegt hatte.

Aber auch dort war niemand. Frank war nicht nach Hause gekommen.

Sie konnte nicht einmal sagen, ob sie darüber traurig oder froh war, zu groß war ihre Wut und Trauer darüber, dass er sie belogen und in sein Verbrechen mit hineingezogen hatte. Es würde für sie beide keine Zukunft mehr geben können. Wie sollte sie ihm jemals wieder vertrauen?

Die Stunden vergingen. Ruhelos ging sie im Zimmer auf und ab. Das Alleinsein und die Stille lasteten immer schwerer auf ihr.

Es klingelte an der Tür und sie beeilte sich zu öffnen. Jetzt würde sie ihm ihre ganze Enttäuschung, ihre Wut und Traurigkeit entgegenschleudern.

Aber es war nicht Frank.

Vor ihr standen zwei Polizisten in Uniform.

„Guten Tag, wohnt bei Ihnen ein Herr Frank Wegner?"

„Ja, er ist mein Lebensgefährte. Was ist mit ihm?"

„Können wir vielleicht erstmal hereinkommen?"

Sie ging voraus ins Wohnzimmer und die beiden Beamten folgten ihr.

„Setzen Sie sich doch bitte", wurde sie aufgefordert und sie folgte ganz mechanisch der Anweisung.

„Sie müssen jetzt stark sein. Ihr Lebensgefährte lebt nicht mehr. Er hat sich heute Nacht in einem Hinterhof eines Hauses im Stadtteil Moabit...".

Der Beamte redete noch weiter, aber sie hörte gar nicht mehr zu. Sie wusste Bescheid.

Liberalitas Bavarica

„Kommen`s, setzen Sie sich zu mir. Ich lade Sie ein.

Haben Sie schon einmal frisch blanchierte Krebse gegessen?"

„Nein?"

„Es gibt nichts Besseres! Und erst die Hummermajonäse. Da hat sich der Käfer mal wieder selbst übertroffen. Wo der am Sonntag dieses knusprige Baguette herholt, ist mir ein Rätsel.

Schon ein paar Mal hab` ich ihn danach gefragt. Er grinst dann immer nur und sagt: „Betriebsgeheimnis!"

Na ja, ich kann den Mike verstehen. Ich sag ja auch nicht, wo ich meine ... Aber lassen wir das!

Möchten Sie vielleicht noch einen Schluck? Großartiges Gewächs, einmalige Cuvée, finden Sie nicht? Kriegen Sie nicht im Supermarkt. Hat die gelbe Witwe auf die rote Liste der bedrohten Champagnerarten setzen lassen!

Was? Sie schauen so skeptisch? War nur ein kleiner Insider-Scherz!

Soll heißen: Die Grand Reserve aus dem Bestand der Veuve Cliquot ist bald aufgebraucht, nachdem die Chinesen mit dem Schampussaufen im großen Stil begonnen haben.

Also denn: A votre sante! Oder, wenn's besser auskommt: Prostata!

Damit haben wir doch alle zu tun, oder müssen Sie nicht auch ständig pieseln?

Nein, eher weniger?

Da haben Sie es aber wirklich gut! Die ewige Pieselei kann einem nämlich ganz schön auf den Sack gehen.

Der Franz hat zu seinem Leidwesen auch damit zu tun. Er lässt Sie übrigens schön grüßen und lässt Ihnen sagen, dass Sie die gewünschten Sachen jederzeit bei seiner Sekretärin abholen können.

Der Franz ist scho a Pfundskerl. Der hält, was er verspricht und lässt einen nicht fallen. Klar, dass das einigen der allseits bekannten Nordlichter wieder nicht geschmeckt hat. Lauter Neidhammel und Missgünstler, die einem ewig übel wollen und einfach keine Ruhe geben können. Die sollten sich mal fragen, was Sie ohne uns wären. Ein Dreck wären die, deppert wie sie sind.

Aber ich soll mich ja nicht aufregen.

Wenn gleich die Pressegeier kommen, will ich die Ruhe selbst sein. Die sollen sich wundern!

Kommen`s, wir machen jetzt die Flasche leer. War eine angenehme Zeit hier, trotz allem. Was will man mehr?

Nun aber Schluss mit den Sentimentalitäten: Ich muss jetzt wirklich los! Nochmals besten Dank für alles!

Man sieht sich!"

„<u>Wir</u> haben zu danken!

Es war uns allen ein Vergnügen! Auf Wiedersehen, Herr ....!"

Alkohol und Musenkuss

Genuss von scharfem Branntwein
lässt Künstler ganz entspannt sein.
Gedanken sprudeln, auf und ab,
Gefühle kommen schnell auf Trab.

Doch letztlich hängt das Kreative
am Tropf von einer Initiative
Eratos: treueste aller Musen!

Sie drückt den Künstler fest an ihren Busen
und flüstert Verse ihm ins Ohr,
die sie speziell für ihn erkor,
bis schließlich – so um Mitternacht -
auch seine Kunst endlich erwacht.

Nur ist`s beim ersten Hahnenschrei
meist leider mit der Kunst vorbei.
Ein Schelm, der von dem Künstler denkt,
dass eine Muse seinen Kunstsinn lenkt.

Solch ein Geständnis käme von Erato nie,
der Künstler aber meint nur: „Cèst la vie!“

Grapefruitjuice auf Helgoland

Eine Kindheitserinnerung

Der Zeitung war zu entnehmen, dass nach längerer Pause wieder ein Schiff von der Wesermündung aus den Helgoland–Dienst aufnimmt.

Diese erfreuliche Nachricht hat bei mir Erinnerungen an meine erste Begegnung mit dem roten Felsen in der Nordsee geweckt. Es war vermutlich am Himmelfahrtstag 1952, als mich meine Eltern frühmorgens weckten und mich aus dem Bett scheuchten mit der Ansage: „Wir machen heute eine „Fahrt ins Blaue". Viel Zeit zum Frühstück blieb nicht, wir mussten ja die Straßenbahn zum Markt bekommen.

Dort angelangt, hasteten meine Eltern und ich durch die Böttcherstraße zur Schlachte, zum Martinianleger, wo neben den vertrauten grün-weißen Schiffen der Schreiber-Reederei ein mir noch unbekanntes flaches und überaus rankes Schiff festgemacht hatte, das sofort mein Interesse weckte.

Wie ich später erfuhr, handelte es sich um ein ehemaliges Minenräumboot der deutschen Kriegsmarine, das umgebaut worden war, um damit Seebädertouren durchzuführen.

Kaum waren wir an Bord, als die „Hansa VI" auch schon ablegte und mit der Kraft ihrer starken Dieselmotoren schnell Fahrt aufnahm.

Mit rauschender Bugwelle ging es weserabwärts unter den Stadtbrücken hindurch und vorbei am alten Fährhaus Lankenau und den Einfahrten zu den bremischen Häfen.

Wir passierten die Strandlust von Vegesack, sahen linkerhand Elsfleth, Brake und Nordenham vorüberziehen, fuhren an der Columbuskaje in Bremerhaven vorbei, erreichten sodann die Außenweser, den Leuchtturm „Roter Sand" und nahmen schließlich Kurs auf Helgoland.

Helgoland? War nicht die rote Felseninsel damals noch „verbotenes Land", weil Bombenabwurfgebiet der britischen Streitkräfte?

Ein Blick ins Geschichtsbuch zeigt jedoch: Seit dem 1. März 1952 gehörte Helgoland zur Bundesrepublik Deutschland, nachdem die Insel im Dezember 1950 von zwei mutigen Heidelberger Studenten „besetzt" worden war und die Politik schließlich eine Freigabe Helgolands durch die Briten erreichen konnte. Helgoland durfte also mittlerweile wieder von Touristen betreten werden, wenn auch nur beschränkt auf den Bereich der „Düne", da die Hauptinsel noch nach „Blindgängern" abgesucht werden musste.

Meiner Erinnerung nach war die Düne seinerzeit ein einziges Provisorium: Es gab keine festen Gebäude, sondern nur eine Ansammlung von Zelten mit Angeboten zum zollfreien Einkauf sowie eine Gastronomie, die kaum mehr als heiße Würstchen zu bieten hatte. Dafür offerierten die improvisierten Verkaufsstände eine Vielfalt von Waren aus aller Herren Länder, die zu Beginn der 50er Jahre noch nicht den Weg in die Regale der bundesdeutschen Geschäfte gefunden hatten.

Während die Erwachsenen im Überfluss der internationalen Luxuswaren schwelgten und Ausschau nach seltenen Spirituosen, exquisiten Parfums und besonderen Zigarettenmarken hielten, wähnte ich mich im Schokoladenparadies und Garten Eden der Süßigkeiten, Kaugummis und Kekse. Vieles musste gekostet werden, doch schon bald stellte sich der bekannte, aber in diesem Fall besonders bedauerliche Effekt ein, dass die Augen wieder einmal größer gewesen waren als der Magen.

Vor allem meldete sich jetzt ein fürchterlicher Durst, dessen Befriedigung keinen Aufschub duldete! Abhilfe versprachen allerdings Unmengen von Dosen, die in den Verkaufszelten aufgestapelt waren und mit exotischen Namen und verheißungsvollen Bildern lockten: Orange Juice, Pineapple Juice, Grapefruit Juice ...

Natürlich waren auch diesmal die Eltern spendabel und erstanden für mich eine Dose Libby`s Grapefruit Juice, denn die Abbildung der unbekannten großen, runden gelben Frucht auf der bunten Banderole hatte es mir besonders angetan. Mit dem bereitliegenden Öffner stanzte ich zwei Löcher in die Dose, hob sie an den Mund und trank gierig einen großen Schluck: „Brrr"- war das bitter!

Nach der vorausgegangenen Süßigkeitenorgie traf mich der bitterherbe Geschmack der Grapefruit wie ein Keulenschlag!

Ich habe dieses verblüffende Geschmackserlebnis nie mehr vergessen und manchmal, wenn ich heute gelegentlich beim Frühstücksbuffet im Hotel ein Glas Grapefruitsaft trinke, denke ich an das Frühjahr 1952 zurück, an die so erlebnisreiche „Fahrt ins Blaue", und an den Roten Felsen und die weiße Düne von Helgoland ...

Leuchtturm „Roter Sand"

Einst wurde der Turm gut gegründet,
der Lichtstrahl nun außer Funktion.
Ein Schiff seinen Kurs heute findet
durch Satelliten-Navigation.

Relikt aus vergangenen Zeiten,
glanzvolles Schifffahrts-Denkmal.
Erhebt kühn sich aus Nordseeweiten,
noch immer der Riese aus Stahl.

Auch wenn er kein Licht mehr wird senden
für die Rückkehrer von Helgoland,
sein Charme, seine Ausstrahlung nicht enden
als Seezeichen auf „Roter Sand".

Mit seinen drei kleinen Balkonen,
verankert auf Muschelkalkbank,
zählt er zu den Leuchtturm-Ikonen -
den Erbauern gebührt später Dank!

Das erste und das letzte Ma(h)l

„Bin ich Jesus?" Dieser Schnack aus meiner Schulzeit bedeutete damals so viel wie: „Lass mich bloß in Ruhe, ich kann doch keine Wunder vollbringen" und fand beispielsweise Anwendung im Lateinunterricht, wenn Ovids Metamorphosen schlüssig erläutert werden sollten. Ohne „Klatsche" war das ein Ding der Unmöglichkeit: „Bin ich Jesus?"

Selbstverständlich habe ich weder den Anspruch noch die Absicht, mich mit Jesus zu vergleichen, aber es gibt etwas, das mich mit Jesus verbindet, ja nach kirchlicher Lehrmeinung ausdrücklich verbinden soll: Das ist eine Mahlzeit, das so genannte Abendmahl!

Dennoch bestehen Unterschiede. Im Fall des biblischen Jesus handelte es sich definitiv um ein letztes Abendmahl, bei mir hingegen ist es das erste Mahl dieser Art, wobei immerhin die Option, dass mein erstes Ma(h)l gleichzeitig auch ein letztes sein kann, nicht von vornherein ausgeschlossen werden darf.

Auch in einem anderen Punkt haben wir es mit unterschiedlichen Gegebenheiten zu tun: Beim biblischen Original geht es um ein Abendmahl, das seine Bezeichnung inhaltlich zu Recht trägt, weil damit eine Mahlzeit gemeint ist, die üblicherweise nur abends eingenommen wird und in diesem Fall - der Bibel zufolge - tatsächlich auch an einem Donnerstagabend stattfand.

Im Gegensatz dazu geht die mir nach der Konfirmation erstmalig gewährte Teilnahme an einem so genannten „Abendmahl" zwar vom gleichen Begriff aus, allerdings wurde dieses „Abendmahl", aus welchen Gründen auch immer, von der Kirche in den späten sonntäglichen Vormittag verlegt und nimmt sich folglich rein zeitlich betrachtet wie ein Frühschoppen aus und könnte nach ostfriesischem Verständnis mithin auch als „Elführtje" geführt und entsprechend bezeichnet werden.

Ich fühlte mich gut vorbereitet (in kirchlicher Diktion: „gerüstet") für den Tag meiner Konfirmation, diesen bedeutsamen Tag in meinem Leben, an dem ich auch zum ersten Mal am Abendmahl würde teilnehmen dürfen.

Zwar war ich körperlich der Pubertät noch nicht gänzlich entwachsen, war aber auch kein Kind mehr. Dies bedeutete: Das Fleisch war schwach und in seiner Schwäche willig.

Gisela hieß sie, die brünette, etwas mollige Schönheit, die mir eine glückliche Fügung des Schicksals buchstäblich an die Seite gestellt hatte. „Gestellt" ist nicht hundertprozentig korrekt, weil wir beide, um nicht entdeckt zu werden, eng aneinandergedrängt auf dem Boden lagen. Auch als die Luft rein war und uns die feindliche Patrouille schon längst passiert hatte, wollten wir unsere Stellung nicht verlassen.

Erst als die weit tönende Glocke der evangelischen Jugendbildungsstätte, in dem unsere Konfirmandengruppe ihre Rüstzeit verbrachte, das Ende des Geländespiels verkündete, verließen auch Gisela und ich widerstrebend unser Lager und die perfekt getarnte Deckung inmitten des dichten Buschwerks, das unser heimliches Tun so gut vor den Blicken der Anderen verborgen und vor ihrem Gerede geschützt hatte.

Auch der Geist ging nun schon erkennbar eigene Wege.

Den Pfad des unbedingten Glaubens hatte ich bereits verlassen: Die Jungfrauengeburt und auch die Transsubstantiation, d. h. zu deutsch „Wesensverwandlung" bzw. Realpräsenz, worunter die christlichen Kirchen die körperliche Anwesenheit des getöteten Menschensohns Jesu Christi in Fleisch und Blut bei der Feier des Abendmahls verstehen, waren persönlich für mich nicht nur nicht nachvollziehbar und damit höchst unglaubwürdig, sondern ich empfand sie generell als eine Zumutung gegenüber der Urteilsfähigkeit vernunftbegabter, mündiger Wesen.

Besonders der an Kannibalismus erinnernde Ritus, Fleisch und Blut eines Getöteten, wenn auch nur gleichsam virtuell und symbolisch, zu sich zu nehmen, war für mich zu starker Tobak.

Ich konnte (oder vielmehr: wollte) nicht begreifen, dass sich eine - und zwar meine - Religionsgemeinschaft u.a. darauf gründet, dass gemeinsam eine Mahlzeit gefeiert wird, bei der Wein und geschmacksneutrale Oblaten stellvertretend für Blut und Leichenteile gereicht werden.

Immerhin habe ich mich bis zum Tage meiner Konfirmation durchaus als Christenmensch gesehen und bei den sonntäglichen Pflichtgottesdiensten sowohl das Vaterunser gebetet, das Glaubensbekenntnis aufgesagt, oft bona fide einigen für mich völlig unverständlichen oder nichtssagenden Predigten gelauscht, mich der lutherisch-evangelischen Liturgie anheim gegeben, allerdings auch die endlose Strophenfolge von Liedern zu fürchten gelernt, die - vielfach in mittelalterlicher Diktion verfasst - mich über den Inhalt der Liedtexte hat grübeln lassen.

Gelegentlich ist es mir gelungen, in der Kirche zu „dösen", eine therapeutische Maßnahme, die unser Hausarzt Dr. Rahm bei fiebrigen Erkrankungen empfahl und die mich hin und wieder während eines Gottesdienstes Gefahr laufen ließ, einzuschlafen. Diese Methode eröffnete mir aber auch Möglichkeiten der Meditation und ließ mich Wege in mein ganz persönliches Fantasialand beschreiten, bis ich hin und wieder durch die unvermittelt aufbrandenden Tonkaskaden aus einer stattlichen Anzahl bleigefasster Pfeifen, die ein brausendes Orgelspiel erzeugten, in die Realität des Hier und Jetzt zurückgeholt wurde.

Ungeachtet aufkeimender Skepsis in Glaubensdingen hatte ich mich im Rahmen der vorgeschriebenen Abschlussprüfung zum Konfirmandenunterricht mit einer biblischen Figur ausgiebig beschäftigt und eine Abhandlung über Joseph von Arimathia verfasst, die dem Pastor, für mich unerwartet, als Vorlage für seine Predigt diente.

Unter Erwähnung meiner Autorschaft trug er Teile meines Textes im Gottesdienst vor. Entsprechend voller Stolz durfte ich gleichsam als Gegenleistung ein Exemplar des Neuen Testaments mit Widmung entgegennehmen, in der mir in enger, gradlinig und akkurat geführter Schrift Anerkennung für fleißige Mitarbeit im Konfirmandenunterricht ausgesprochen wurde.

Josef von Arimathia ist eine interessante Figur. Er schließt sich Jesus an, hält dies allerdings geheim, weil er Nachteile für sich befürchtet. Seine in der Öffentlichkeit praktizierte religionspolitische Abstinenz erlaubt ihm allerdings, sich unbelastet für den bereits toten Jesus einzusetzen: Von Pontius Pilatus erbittet und erhält Josef den Leichnam Jesu, um ihn in ein eigentlich von ihm für sich selbst erworbenes Felsengrab zu legen.

Nach der Auferstehung Jesu wird Josef angesichts des leeren Grabes des Leichenraubs beschuldigt und zu einer langjährigen Haftstrafe verurteilt. Der Legende nach erscheint ihm im Gefängnis Jesus und übergibt ihm die Schale, in der Josef das Blut des gekreuzigten Jesus aufgefangen hatte. Ebenfalls vermeldet die Legende, eine von Gott gesandte Taube habe täglich ein Stück Brot in Josefs Gefängniszelle gebracht.

Die mit Blut gefüllte Schale, zu deren Hüter Josef durch Jesus bestimmt wird, hat sich zu der wohl bekanntesten christlichen Reliquie entwickelt, nachdem allein in Europa die Existenz von über 200 entsprechenden Bechern und Kelchen bezeugt wurde.

Die Blutschale hat unter ihrer Bezeichnung „Gral" einen regelrechten Kult begründet, der sich z. B. auch in der Artussage widerspiegelte und im Mittelalter zum Kristallisationspunkt von religiös motivierten Kriegen wurde.

Auch in der heutigen Zeit beflügelt die Gralslegende immer noch die Phantasie von Bestseller-Autoren und ihrer Leser und lässt beispielsweise den Ruinen der Abtei Glastonbury in Somerset nicht nur ein allgemeines touristisches Interesse zukommen, sondern erhebt sie geradezu zum Wallfahrtsort für Sucher des Heiligen Grals, weil an diesem Ort Josef von Arimathia seinen Wanderstab in die Erde gesteckt haben soll, um dort seine Lebensreise zu beenden.

An der Person Josefs hatten mich damals seine Loyalität, Uneigennützigkeit und politische Klugheit und schließlich seine unbeugsame Haltung und Glaubensstärke beeindruckt. Ich sah in ihm einen Menschen, der sich vorbehaltlos zum Christentum bekennt und mir insofern geeignet schien, in besonderer Weise als Vorbild für uns Konfirmanden während des Prozesses gemeinsamer Festigung im christlichen Glauben zu dienen, der mit der bevorstehenden Konfirmation und Aufnahme in die kirchliche Gemeinschaft seinen vorläufigen Abschluss erfahren sollte.

Theoretisch durch den Konfirmandenunterricht gut vorbereitet und durch den regelmäßigen sonntäglichen Gottesdienst auch in der Praxis evangelisch-lutherischer Religionsausübung hinlänglich bewandert und eingeübt, vollzog sich bei mir durch banale äußere Einwirkungen bestimmt ein radikaler Sinneswandel, als dessen Ursache sich jener kleine Schritt ausmachen ließ, der sprichwörtlich vom Erhabenen zum Lächerlichen führt.

Was war geschehen?

Geleitet vom hochgewachsenen, grauhaarigen Pastor in seiner schwarzen Amtstracht und unter Orgelklängen betraten an die 40 Konfirmandinnen und Konfirmanden innerlich aufgeregt, aber dennoch nach außen hin gefasst und hochkonzentriert, das Kirchenschiff.

Alle waren, dem besonderen Anlass entsprechend, angemessen gekleidet. Ihre Kleidung sollte unterstreichen, dass hier keine Kinder erschienen, sondern vielmehr Jugendliche auf dem Weg ins Erwachsenenleben. In einer Art Initiationsritus trugen die meisten Jungen zum ersten Mal einen Anzug. Einstecktuch und Krawatte wurden von nun an lebenslang ihre Begleiter bei festlichen Anlässen sein.

Die Mädchen hatten ihre dunkelfarbigen kniekurzen Kleider aufgehübscht mit glitzernden Accessoires. Bemerkenswert waren auch ihre Schuhe, die den jungen Damen, als die sich die heranwachsenden Mädchen von nun an begriffen, erstmals das Balancieren auf erhöhten Absätzen abverlangte.

Zwangsläufig waren aller Blicke auf die überlebensgroße Figur auf der weißgetünchten Wand der Apsis gerichtet, die einer aufgerichteten Variante von Barlachs schwebendem Engel ähnelte. Ernst Barlachs Menschenfiguren scheinen mit den durch ihre kecke Nasenform bestimmten typischen Gesichtern und dem kopfmittig gekürzten Haupthaar eine enge Symbiose mit der EKD eingegangen zu sein, sieht man doch die Beispiele von Barlachs stilbildender

Kunst bzw. die seiner Epigonen in den Wandmalereien, Reliefdarstellungen oder Plastiken insbesondere derjenigen, die in den Nachkriegsjahren errichtet wurden.

In einigen Metern Abstand zur Apsiswand befand sich der Altar, vor dem sich der Pastor zur kurzen Andacht aufhielt, um dann nach der Predigt auf der Kanzel und einigen liturgischen Ritualen die jeweils individuellen Firmungen vorzunehmen.

Die Konfirmandinnen und Konfirmanden wurden nun der Reihe nach einzeln aufgerufen, gingen durch den Mittelgang auf den Altar zu, knieten auf einer Stufe vor dem Altar nieder, bekamen dort ihren Konfirmationsspruch mitgeteilt und wurden danach offiziell als Mitglieder dieser Gemeinde in die Gemeinschaft evangelischer Christen aufgenommen.

Mittlerweile wurden die letzten Konfirmanden aufgerufen, unter ihnen auch ein Geschwisterpaar, Junge und Mädchen, die nebeneinander den Kniefall vollzogen.

Da geschah das Unerhörte: Mitten aus der feierlichen, erhabenen Stimmung heraus war plötzlich ein vereinzeltes Kichern zu vernehmen, das sich ausbreitete, zum Gegacker wurde und schließlich in ein lauthals ungehemmtes Gelächter mündete, das aus allen Bankreihen tönte.

Das kniende Geschwisterpaar war, wie die meisten anderen Konfirmanden auch, zur Konfirmation einschließlich der Schuhe neu eingekleidet worden. Nur hatte man vergessen, von den Schuhsohlen die aufgeklebten Etiketten abzuziehen. Als sich nun die Geschwister hingekniet hatten, zogen die Preisschilder auf ihren entblößten Schuhsohlen zwangsläufig alle Blicke der Mitkonfirmanden auf sich und sorgten nicht nur für allgemeine Erheiterung, sondern boten damit auch eine gewisse Entlastung von dem Spannungsdruck, der die gesamte Situation bis dahin bestimmt hatte.

Im Zuge ihrer gefühlsmäßigen Entladung war nun für die versammelten Konfirmanden nichts mehr wie vorher. Statt des selbst verordneten Schweigens, tuschelte es nun in den Bankreihen, statt die steife Sitzposition einzunehmen, die die rechtwinklige Holzkonstruktion der Kirchenbänke vorzugeben schien, entspannte man sich, einige Jungen fläzten sich sogar demonstrativ auf ihren Plätzen, irgendwo fiel ein Stapel Gesangbücher mit Gepolter zu Boden, hier und da wurde gehustet, kurz: Eine allgemeine Unruhe breitete sich aus und herrschte auch noch vor, als der Pastor sich entnervt anschickte, das Abendmahl auszuteilen.

Für mich in Sonderheit war es unmöglich geworden, die Erhabenheit des Augenblicks, jenen magischen

Moment zu empfinden, der mit der Wandlung einhergehen soll, wenn die Oblate, die der Pastor dem Gläubigen auf die Zunge legt, zum Leib Christi wird. Nichts von alledem geschah; ich wurde vielmehr durchgeschüttelt von unkontrollierbaren Lachanfällen, die unter konvulsivischen Zuckungen meines Körpers in mir aufstiegen und mir Tränen in die Augen trieben. Es waren Lachtränen, die nur mühsam Gefühle der Scham überdeckten, mich in einer so weihe- und würdevoll angelegten Situation völlig unangemessen verhalten zu haben und noch zu verhalten.

Auch die verständnislosen, strengen Blicke des mir ansonsten durchaus gewogenen Pastors vermochten meinen Lachanfällen keinen Einhalt zu gebieten, selbst dann nicht, als rings um mich herum das Gelächter der anderen Konfirmanden verstummt war. Ich lachte und lachte ...

Ein Preisschild am falschen Ort, sowie der darauffolgende kleine Schritt vom Erhabenen zum Lächerlichen, machten mir die adäquate Wahrnehmung eines uralten religiösen Ritus so fremd und sorgten letztlich dafür, dass ich mich innerlich distanzierte und vom Glauben abfiel, statt in ihm konfirmiert, d.h. nachhaltig gefestigt zu werden.

Was folgte daraus für mich?

Meine erste Abendmahlsfeier wiederholte sich nicht.

Insofern blieb das erste Mahl auch das letzte.

In deutlicher Abgrenzung zu Jesus' körperlicher Anwesenheit beim Abendmahl, die von den christlichen Kirchen unter Bezug auf seine eigenen Worte behauptet wird, mochte ich niemals mehr bei der feierlichen Austeilung von Fleisch und Blut zugegen sein, egal in welcher Form auch immer sie zelebriert wurde.

Auch in Zukunft möchte ich Brot und Wein nicht vor einem religionsbezogenen Hintergrund, also gleichsam ideologisch fremdbestimmt bzw. „maskiert", zu mir nehmen, obwohl natürlich an und für sich gegen ein frisch gebackenes Brot mit dicker, brauner Kruste und einen gut abgelagerten Wein nichts, aber auch gar nichts, einzuwenden ist.

Im Gegenteil!

Icke begegnet sich

(Kursiv gesetzter erster Teil: Berliner Volksmund)

Ick sitze da und esse Klops,
uff eenmal kloppts.

Ick sitze da und wundre mir,
uff eenmal jeht's se uff - die Tür.

Ick sitze da und kieke,
denn wer steht draußen? Icke!

Ick komme rin und werde blass,
der da am Tisch, wer is`n das?

Den kennste doch - det bist doch du,
wat kriegste denn dein Maul nich zu?

Soll`n wir nich mal Bekanntschaft schließen
und det Malheur mit Schnaps bejießen?

Doch vorher ess´n wir uff den Schreck-
iss Du mir bloß meen Klops nich weg!

Nase oder Blase

Über den Fluch der unterbrochenen Zeit

Bei Verabschiedungen aus dem Berufsleben wird von den Laudatoren und Gratulanten häufig die Formulierung vom beginnenden „Unruhestand" verwendet – möglicherweise aus diffuser Missgunst oder Häme, vielleicht aber auch eingebettet in Mitgefühl, verbunden mit Wünschen für eine ausgefüllte künftige Lebensphase, eventuell auch ausgestattet mit hochgeschraubten Erwartungen an den Pensionisten sowie versehen mit zumeist gut gemeinten Ratschlägen an ihn.

Nicht selten geschieht es zudem, dass das unverhohlene Interesse der "arbeitenden Bevölkerung" am Pensionärsdasein sich zusätzlich ausdrückt in Präsenten, freundlichem Zuspruch oder Gesten der Ermutigung.

Hierzu zählen etwa

- ein Gutschein für eine Ballonfahrt („up, up and away") oder einen Tandem-Sprung mit dem Fallschirm („a long way down"),
- der Hinweis auf ein Kursangebot der örtlichen Volkshochschule mit dem Titel „In Rente – und was nun?",

- die beharrliche Nachfrage nach irgendwann einmal geäußerten Wünschen (oder waren es gar Pläne?), die Galapagos Inseln oder die Ruinenstadt Machu Pichu aufzusuchen,
- das Fach Kompositionslehre an der Uni zu studieren
- sich auf den Pilgerweg nach Santiago de Compostela zu begeben oder auch
- die Verwendung des in diesem Kontext wieder einmal verwendbaren Heil- und Segen-Mantras „Alles Gute!", eingebettet in das Szenario eines festen Händedrucks bei gleichzeitig erzwungenem suggestivem Augenkontakt.

In unserem Fall, den wir hier darstellen wollen, blieben alle diese Interventionen folgenlos, weil er, wir wollen ihn Robert nennen, wieder einmal, wie schon zu anderen Gelegenheiten in seinem früheren Leben, sich sein Nonkonformistenhemd übergestreift und auf „Stur" geschaltet hatte.

Durch die vielfältigen Erwartungen, denen er sich angesichts seines bevorstehenden Ruhestands ausgesetzt sah, fühlte er sich eingeengt und überfordert.

Er hat deshalb nicht gemacht, was von ihm erwartet wurde, stattdessen hat er nichts gemacht – jedenfalls nichts, was seinem selbst gesetzten inneren Gütemaßstab entsprochen hätte, in den sowohl der praktische Nutzen als auch die gesellschaftliche

Relevanz von Tätigkeiten gleichermaßen einprogrammiert waren.

Auf der Suche nach einer Legitimation für das in seiner bisherigen Biographie eher ungewöhnliche Verhalten war er auf eine alte fernöstliche Weisheit gestoßen. Laotses Werk entnahm er die Sentenz: „Nichtstun ist besser, als mit viel Mühe nichts schaffen."

In diesem Sinne nahm Robert sich Gontscharows Oblomow zum Vorbild, der im 19. Jahrhundert als russischer Landadliger sein Leben in vollkommener Untätigkeit verbringt, sozusagen in einem über den gesamten Tag sich erstreckenden Mittagsschlaf.

„Wer schläft, sündigt nicht!" sagt eine sprichwörtliche Lebensweisheit und: Hat sie nicht recht?

Ganztägig einer Schlafgelegenheit (sei es Bett, Liege oder bequemer Sessel) verbunden zu sein, schränkt natürlich auf Dauer die Bewegungs- und Aktivitätsräume eines Menschen gravierend ein, beugt aber andererseits einem Zustand vor, bei dem ein Mensch auf „dumme Gedanken" kommen kann.

Eben dies hatte wohl auch Pascal im Sinn, als er schrieb: „Alles Ungemach dieser Welt entspringt unserem Unvermögen, allein in einem Zimmer zu sitzen."

Aber wir schweifen ab! Mitnichten wollte Robert sich auf ein Zimmer beschränken, noch beabsichtigte er, seine alten Tage allein zu verbringen. Sein Streben, wenn man denn sein Untätigkeits- und Ruhebedürfnis überhaupt als „Streben" bezeichnen kann, galt einem Zustand des „Nicht-In-Anspruch-Genommen-Werdens, verbunden mit dem Appell: „Lasst mich bloß in Ruhe!"

In seinem Ruhestand wollte Robert eigentlich nichts weiter, als innerlich wie äußerlich zur Ruhe kommen. Natürlich hoffte er überdies, diesen Zustand auch genießen zu können.

Dass es allerdings „keinen Spaß (macht), nichts zu tun, wenn man nichts zu tun hat", worauf Hodgkinson hingewiesen hat, war eine Erkenntnis, die Robert erst zu einem späteren Zeitpunkt zuteilwerden sollte.

Zunächst aber war er erst einmal froh, Tage ohne Verpflichtungen <u>vor</u> sich und für <u>sich</u> zu haben, in denen er seinen neu gewonnenen Ruhestand so recht auskosten würde.

Schauen wir, wie es Robert ergangen ist, ob sich seine Vorstellungen mit der Realität des Alltäglichen vereinbaren ließen.

Erfrischt nach ausreichendem Nachtschlaf steht Robert in der Frühe auf, verzichtet allerdings aus

Zeitmangel aufs Duschen, weil er heute seine Eheliebste zum Bahnhof bringen will.

Lou – so nennt er sie - hat derweil bereits das Frühstück bereitet. Auf die Schnelle sind ein Stück Schwarzbrot, ein Becher Darjeeling-Tee und gefühlt zwanzig verschiedene Tabletten rasch einverleibt, dann geht es bereits los, um den Zug noch zu erwischen.

Plötzlich die Idee: Wenn schon so früh zum Bahnhof, bietet es sich an, den Hund zum morgendlichen Spaziergang auf dem Emder Wall gleich mitzunehmen, um unnötiges Hin- und Herfahren zu vermeiden. Lou begreift und stimmt zu, der Hund schaut einen nur kuhäugig an, scheint nach längerem Sinnieren endlich auch die neue Situation zu begreifen, will aber nicht, sträubt sich zunächst erfolgreich mit allen vier Pfoten, leistet nachhaltig Widerstand, hat jedoch nach Verabreichung von vier Kaustangen schließlich ein Einsehen und lässt sich in den Kofferraum bugsieren. All das kostet Zeit und Nerven!

Robert gelingt es, gerade noch vor Schließung der Schranken den Bahnübergang zu überqueren, nicht in die Radarfalle zu geraten, ungesühnt drei Ampeln bei Dunkelgelb zu passieren und in Last-Minute-Manier die Eheliebste ihren Zug erreichen zu lassen.

Der anschließende Spaziergang mit Hunden auf dem Emder Wall ist Routine, erhält aber eine gewisse Dynamik, schließlich sogar Dramatik dadurch, dass der Darjeeling der Blasenenge entfliehen und in der freien Natur unabweisbar das Weite suchen möchte.

Die Versuchung ist groß, dem Drang am nächsten Baum nachzugeben, noch größer jedoch ist das Dilemma, in dem sich Robert befindet: Freud hätte dieses Dilemma als ungelösten Konflikt zwischen Es und Über-Ich beschrieben, damit aber dem armen Robert auch nicht geholfen. Die Toilettenfinder-App auf dem iPhone leistet hier auf dem Emder Wall auch nicht, was sie eigentlich soll und die Bäume sind in Fällen menschlicher Not-Durft nicht zuständig und traditionell nur den Hunden vorbehalten. Rettung in höchster Not verspricht und bietet schließlich ein Besuch der Sanitäranlagen der Friesentherme. O Stress, lass nach!

Zu Hause angekommen, erhält der Hund sein Fressen und Robert – gerade noch höchsten Nöten entronnen, gießt sich guten Gewissens einen neuen Becher Darjeeling ein – man soll ja gerade auch im Alter viel Flüssigkeit zu sich nehmen ...

Robert macht es sich bequem. Er scheint am Ziel zu sein: Das ist seine „Welt als Wille und Vorstellung". Jetzt kann sie endlich beginnen die Phase der Ruhe und des Zeitüberflusses, wie er sie sich vorgestellt hast und wie er sie will.

Er nippt am wohltuend heißen Tee und beschließt, sich wieder einmal Robert Schumanns Kinderszenen anzuhören, die ihn so anrühren in ihrer Einfachheit. Um die Musik aus seinem iPhone generieren und über die Lautsprecher der HiFi-Anlage hören zu können, muss Robert eine Bluetooth-Verbindung einrichten.

Als er sich an der Anlage zu schaffen macht, fällt sein Blick auf ein Din A4-Blatt mit Anweisungen für die Fütterung und Betreuung der Hauskatzen, das Lou, Roberts Eheliebste und Maitresse de la Maison, dort zur gefälligen Beachtung für die Dauer ihrer Abwesenheit deponiert hat.

Robert überfliegt das Geschriebene und staunt auf den ersten Blick über die Vielfalt der Aufgaben, die im Regelfall erledigt werden müssen und heute zu seinen Obliegenheiten gehören werden. Irritiert bemerkt er, dass er eigentlich bereits hätte tätig werden müssen.

Die Anweisung lautet nämlich:
- Nachdem du vom Wall wiedergekommen bist: Simon und Grobi in der Küche frisches Futter geben.
  Ein Schälchen für Ronja und Dante fertigmachen und mit in ihr Zimmer nehmen. Dort ge-

gen das alte Schälchen austauschen und frisches Wasser einfüllen. Gardinen/Rollo aufziehen; Katzenklo checken und ggf. säubern. Schaufel und Papier im Regal.

- In meinem Zimmer lüften und Wasser bzw. Brekkies erneuern. Brekkies nach oben stellen. Katzenklo checken.

Zwischenzeitlich ist die Bluetooth-Verbindung zustande gekommen mit der Möglichkeit die Kinderszenen über die großen Lautsprecherboxen zu hören. Robert dreht die Lautstärkeregler auf und wieder ab, als das Telefon klingelt: Ein Verlagsmitarbeiter der Wochenzeitschrift DIE ZEIT will von ihm wissen, was er vom Rücktritt des Papstes hält, um dann nach Roberts kurzer Antwort eine Offerte zu machen, bei dem neben einem preislich reduzierten Abonnement auch eine Armbanduhr sowie ein Überraschungspräsent vergeben werden sollen. Robert erklärt, dass er sich noch nicht entschieden habe und beendet das Gespräch.

Die Kinderszenen bleiben ungehört, weil die Katzendienste Roberts Anwesenheit in anderen Räumen erfordern. Nachdem sich dieses Thema erledigt hat, muss Robert feststellen, dass sein Tee inzwischen kalt geworden ist.

Als er sich neuen Tee holen möchte, wird Robert von seinem Hund aufgehalten, der ihn fordernd anschaut und zu verstehen gibt, dass nun erst einmal

die Schalen mit frischem Wasser und dem Lidl Light Futter für ausgewachsene, übergewichtige Hunde gefüllt werden müssen. Zur Vermeidung weiterer (und sogar nachvollziehbarer) Nerverei durch den Hund wird diese Aufgabe sofort erledigt ... und danach?
Robert fasst sich an den Kopf, wie weiland Inspector Columbo, wenn ihm beim Hinausgehen aus einem Raum plötzlich noch eine Frage eingefallen war. Nur dass im Unterschied dazu Robert mit dieser Geste ausdrückt, dass er nicht mehr weiß, warum er hier steht, was er hier wollte.

Nach einer guten Minute Reglosigkeit fällt ihm endlich wieder ein, dass er sich einen neuen Becher Tee holen wollte. Dankbar registriert Robert, dass sein kurzzeitig gewonnener Verdacht, an einer beginnenden Altersdemenz zu leiden, sich offenbar derzeit noch nicht bestätigen lässt.

Dafür läuft plötzlich die Nase. Während Robert seinen Becher noch mit heißem Tee befüllt, lässt er - auf der Suche nach Papiertaschentüchern - seine Blicke im Zimmer herumschweifen. Prompt gießt er mit der Kanne daneben und muss nun neben den Tempos nun auch noch einen Wischlappen suchen. Da klingelt es an der Haustür. Der Hund dreht durch, rast zum Eingangsflur und kann gerade noch durch den ihm hinterhereilenden Robert daran gehindert werden, gegen die Haustür zu springen und deren Verglasung bersten zu lassen, wie bereits einmal geschehen.

Nachdem der Hund weggesperrt ist, widmet sich Robert dem Mitarbeiter eines Paketdienstes, der fragt, ob Robert eine Sendung für einen Nachbarn in Empfang nehmen könne. Robert kann und unterschreibt auf dem elektronischen Quittungsblock. Er möchte den Paketboten schnell loswerden, denn alles Hochziehen des Sekrets wirkt nun nicht mehr, die „Läufigkeit" der Nase ist nicht mehr einzudämmen, es beginnt bereits zu tropfen.

„Wie gut", lässt Robert kurz einen Gedanken zu, für den er sich anschließend aber lange schämt, dass die ausbeuterischen Arbeitsbedingungen den Paketboten zur Eile antreiben. So umgehen beide ein noch so kurzes Gespräch und sei es auch nur über das Wetter und die schwierigen Bedingungen des Pakete Austragens im Winter.

Robert sehnt sich nach Ruhe, heißem Tee und den Carmina Burana in voller Lautstärke! Seit kurzem besitzt er eine CD dieses Werks in einer preisgekrönten Einspielung durch die Berliner Philharmoniker unter dem Dirigat von Sir Simon Rattle.

In Abwesenheit seiner Frau, der diese Art von Musik eher nicht zusagt, besteht heute die besondere Gelegenheit, die Orffsche Musik bei voll aufgedrehten Klangreglern einmal in ungehemmter Dynamik zu genießen.

Voller Vorfreude legt Robert die CD in den Player und schon erklingen die Paukenschläge, die den Einzug von Fortuna, der Imperatrix Mundi ankündigen. Aber mit dem Glück ist es bekanntlich so eine Sache: Man hat es oder hat es nicht.

Für Robert in seinem Bedürfnis nach Ruhe ist heute offenbar kein Glückstag, denn kaum ist er in die Musik eingetaucht, sieht er am Display der Telefonanlage das Lämpchen des Anrufbeantworters blinken. Das Klingeln des Telefons hat er anscheinend überhört, aber nun lässt ihm das Blinken keine Ruhe; es könnte ja etwas Wichtiges sein, das darauf wartet, abgehört zu werden.
Robert unterbricht die Carmina und geht zum AB: Karel will vorbeikommen, um das versprochene Kaminholz abzuholen. Er ist ohnehin in der Gegend und kommt gleich vorbei, „wenn's recht ist".
Wenig später klingelt es an der Haustür. Der Hund kriegt sich mal wieder nicht ein und muss weggesperrt werden. Dann öffnet Robert und Karel strahlt ihn an und fragt: „Stör ich?". Natürlich stört er nicht und Robert verbringt die nächste Dreiviertelstunde damit, Holzscheite in Karels Kombi zu laden. Als sie damit fertig und mittlerweile ziemlich verfroren sind, fragt Robert: „Magst Du einen Tee?" Karel mag und so trinken beide den Rest Tee aus, der noch in der Kanne war.
Karel will jetzt zum Essen nach Hause fahren. Robert ist es recht, auch er hat Hunger und sucht nach

etwas Essbarem. In der Ecke einer großen Schublade wird er fündig: Zwar ist das Haltbarkeitsdatum schon lange abgelaufen, aber die Dose macht auf Robert noch einen vertrauenerweckenden Eindruck. Auch die Geruchsprobe bei geöffneter Dose überzeugt, sodass Robert die Erbsensuppe in einem Topf erhitzt.

Da erinnert er sich an Lous Katzenversorgungsprogramm. Die mittäglichen Aufgaben waren:

* Fenster in meinem Zimmer schließen.
* Zu Ronja gehen und schauen, ob sie rauszulocken ist mit den speziellen Leckerlis, die in der kleinen Box (mit dem Katzenkopf drauf) vorne an in der rosa Kiste liegen. Tür nach draußen öffnen und einige Leckerli etwas weiter von der Tür auf den Boden streuen. Der Schlüssel für die Außentür liegt neben der Papierrolle im Regal. (Simon muss während dieser Zeit unbedingt im Haus bleiben!) Wenn Ronja später wieder drin ist, Tür wieder abschließen!

Während Robert noch über den Sinn und die Durchführbarkeit dieser Maßnahmen nachdenkt, entwickeln sich in der Küche Rauchschwaden als Folge von angebranntem Essen. Im Topf klebt die halbverkohlte Erbsensuppe. Robert weiß, dass man Töpfe, in denen etwas angebrannt ist, möglichst umgehend reinigen soll und so scheuert er und verflucht dabei die komplizierte Katze Ronja, der wegen ihres schwierigen Wesens stets eine Sonderbehandlung zuteilwird und die letztlich dafür gesorgt hat, dass er heute kein warmes Mittagessen zu sich nehmen kann.

Nachdem sich Robert ersatzweise mit einer Dose Thunfisch, einem trockenen Brötchen und ein paar Cornichons aus dem Glas versorgt hat, begibt er sich – leidlich gesättigt – in seinen Schlafraum, um ein wenig zu oblomowisieren. Er beginnt einzuduseln, wird jedoch dabei gestört. Verzweifelt versucht er, das beharrliche Läuten des Telefons zu ignorieren. Es gelingt ihm nicht. Mit einem Ruck stemmt er sich hoch. Als er das Telefon schließlich erreicht, hat der Anrufer aufgegeben.

Robert ist erleichtert: Es wird dann wohl nichts Wichtiges gewesen sein. Gerade als er sich wieder hinlegen will, klingelt es erneut. Als Robert den Hörer abnimmt, tönt ihm ein Stimmengewirr entgegen. Es sind Ausländer, die in einer Sprache kommunizieren, die Robert nicht versteht.

Er ruft mehrmals ein „Hallo" ins Telefon, was auf der anderen Seite der Leitung jedes Mal das Stimmengewirr anschwellen lässt. Irgendwann wird es Robert zu bunt – er legt auf. Jetzt ist er zwar die lästigen Anrufer los, aber auch die angenehme Schläfrigkeit, die ihn stets nach dem Mittagessen befällt und die er so gerne für ein Nickerchen nutzt.

Er sagt sich: Wo ich nun einmal wach bin, kann ich auch gleich den Hund zu seinem obligatorischen Nachmittagsspaziergang ausführen. Gedacht getan. Robert bereitet sich vor, mit seinem Hund Gassi zu gehen.

Zur Vorbereitung gehört zunächst einmal ein Wechsel der Schuhe. Der matschige Untergrund des Platzes, auf den sich Herr und Hund begeben wollen, erfordert festes Schuhwerk. Um die Outdoor-Schuhe anzuziehen, bedarf es eines Schuhlöffels. „Wo ist der nur wieder geblieben", fragt sich Robert bereits leicht angenervt.

Die Suche erstreckt sich über die halbe Wohnung und muss schließlich ergebnislos abgebrochen werden, derweil der Hund erste Zeichen von Ungeduld zeigt, die sich symbiotisch auf Herrchen überträgt und bei ihm eine Form weiterer nervöser Spannung entstehen lässt, die auf noch ungeklärten physiologischen Wegen bei Robert dazu führt, dass seine Nase zu laufen beginnt und der Druck in seiner Blase deutlich steigt.

Im Kampf Nase gegen Blase um die Priorität bei der notwendigen Entspannung liegt diesmal die Nase vorn: sie läuft und läuft und läuft ...

Erst kräftiges Schnauben sorgt dafür, dass sich die Lage rasch entspannt. Damit ist der Weg frei, nun auch dem Blasendruck durch einen Gang zur Toilette abzuhelfen.

Der Hund allerdings signalisiert körpersprachlich: „Wird das wohl heute noch was mit unserem Spaziergang?" Mit einem aufmunternden Spruch von Herrchen wird Optimismus verbreitet: „Wir gehen ja gleich!" - Schwanzwedeln - „Und du gehst mit!" Weiteres Schwanzwedeln.

Herrchen greift sich die Outdoor-Jacke, Hund setzt sich erwartungsfroh auf. Die Jacke muss noch bestückt werden: Leckerlis als Belohnung und Motivationshilfe für den Hund, Schlüsselbund, Portemonnaie mit den wichtigsten Papieren.

Apropos Papiere: Dringend Papiertaschentücher einstecken, wenn mal wieder die Nase läuft, Handy nicht vergessen! Ein Blick auf das Display zeigt, dass eine E-Mail eingegangen ist. Die Tochter möchte dringend erfahren, ob sie die Bewerbung um eine Stelle nur an die Einrichtung oder mit dem Zusatz „z. Hd. des Geschäftsführers" senden soll. In Eile wird kurz eine Antwort zurückgemailt, derweil der Hund zu resignieren scheint.

Doch dann: ein Geistesblitz! Schuhlöffel verschwunden? Nehmen wir doch einen richtigen Löffel und versuchen es eben mit dessen Stiel! Oh Wunder, das geht sogar, wenigstens zur Not. Nun nur noch die Wollmütze aufgesetzt, die Leine gegriffen und am Halsband befestigt. Der Hund lacht vor Freude, damit hatte er wohl nicht mehr gerechnet.

Als Herr und Hund vom Spaziergang zurückgekehrt sind, erinnert sich Robert noch an einen weiteren Auftrag seiner Frau.

Die Katzenanweisung besagt für den Nachmittag lediglich:

- „Ggf. Ronja wieder reinlassen. Bei ihr im Zimmer die kleine Nachttischlampe anmachen."

Ronja reinzulassen ist leichter gesagt als getan. Zwar kommt sie bis zur Tür, dann aber hält sie inne, dreht und windet sich und bleibt dann plötzlich stocksteif stehen, um sich im nächsten Moment nach Katzenart mit lang ausgestreckten Vorderpfoten und nach oben gerichtetem Hinterteil ausgiebig zu strecken.

Dann stolziert sie vor Robert herum und beginnt zu scharwenzeln, um sich in einer kleinen Ronja-Show zu präsentieren, die allerdings die Nerven von Robert, der die Katze lediglich ins Haus bekommen will, arg strapaziert.

Er schafft es schließlich mit einer List, die er dem Märchen „Hänsel und Gretel" abgeschaut hat. Er greift in die Schachtel mit dem Luxusfutter für Katzen und streut einen Futterpfad, dem Ronja nicht widerstehen kann, auf dem sie sich fressend in die Reichweite von Robert begibt, der sofort die Gartentür schließt und auf diese Weise Ronja dazu zwingt, vorerst im Haus zu bleiben.

Kaum ist auch diese Aufgabe auf der Katzenliste ab-
gearbeitet, setzt sich Robert an seinen Computer,
um ganz entspannt zu surfen.
Beginnen möchte er damit, den Text des alten Berg-
arbeiterliedes „Sixteen Tons" bei Google aufzuru-
fen, dessen Liedzeilen ihm zum Teil entfallen waren.
Robert hatte diesen englischsprachigen Song, der
in der deutschen Fassung in den 50er Jahren zum
Schlager mutierte und dabei seines klassenkämpfe-
rischen Inhalts leider völlig entkleidet wurde, wegen
seiner Bildhaftigkeit früher sehr geschätzt.

Nach der Eingabe „sixteen tons lyrics" erscheinen
nun allerdings keine Liedzeilen, sondern der Hinweis, dass ein Update vorliegt, das unbedingt instal-
liert werden muss, um die Datensicherheit des PC
weiterhin gewährleisten zu können.
Robert fürchtet mittlerweile Softwareinstallationen,
weil ihm bewusst ist, dass sie oft sehr zeitaufwendig
sind und den Anwender in eine unerfreuliche, weil
entspannungsfeindliche Warteposition versetzen.
Und in der Tat: Schneckengleich füllt sich die Säule,
die den Installationsfortschritt anzeigen soll, mit
blauer Farbe. Manchmal bleibt sie für mehrere Minuten am gleichen Ort, dann plötzlich macht sie einen Sprung.

Insgesamt bedeutet die periphere Lage von Roberts
Wohnort eine reduzierte Downloadgeschwindigkeit
und dadurch langsameren Seitenaufbau. Man kann

das beklagen oder auch lassen - es passiert nichts, auch wenn noch so viele Reissäcke in China umfallen.

Um den Installationsvorgang abzuschließen, bedarf es eines Passworts. Jetzt Ist Robert auf dem völlig falschen Fuß erwischt worden. Robert hat nämlich die fatale Neigung, Passwörter zu vergessen. Deswegen schreibt er sie sich auch stets auf. Was aber, wenn er vergessen hat, wo der Zettel geblieben ist, auf dem das Passwort steht.

Nun fängt auch die Nase wieder an zu laufen und die Blase signalisiert, dass der Kaffee, den Robert sich zwischenzeitlich aufgebrüht hatte, seinen Körper durchlaufen hat und weggebracht werden möchte. Diesmal genießt der Kaffee Priorität und die Nase muss weiterlaufen.

Noch auf der Toilette erinnert Robert sich an einen weiteren wichtigen Zettel. Auf diesem hatte nämlich seine Frau in ihrer umsichtigen Fürsorge seine Passwörter zusätzlich notiert und an einem verabredeten Ort verwahrt, weil sie mehrfach ihre Erfahrungen mit Roberts Unbedarftheit und Vergesslichkeit in diesen Dingen machen musste. Jetzt geht alles ganz schnell: Das Passwort wurde gefunden, die Installation hat geklappt.

Dank Google liegt jetzt auch der Liedtext von „Sixteen Tons" vor. Die sogenannten „lyrics" offenbaren jedoch auch Verständnislücken: Was z. B bedeutet das Wort „canebrake"?

Die Klärung dieser Frage muss zunächst einmal aufgeschoben werden, denn der Katzenzettel für den Abend harrt der Abarbeitung.

Die Anweisungen hierzu lauten:

- Simon und Grobi in mein Zimmer bringen, Brekkies runterstellen, Ronja und Nante freilassen.

  Später dann:

- Gardinen/Rollo in ihrem Zimmer runterlassen. Für Ronja und Nante ca. 5 Stückchen Fleisch kleinschneiden; Nante auf dem Boden füttern, für Ronja auf dem Brettchen lassen und dieses auf die Küchenplatte gegenüber stellen. Wenn sie ängstlich ist, stell das Brettchen in ihr Zimmer unter den Fernseher.

Der letzte Katzenauftrag „Ronja und Nante in ihr Zimmer bringen und Licht löschen" wird bereits von Lou, die Robert um 20:41 vom Bahnhof abgeholt hat, höchstpersönlich selbst erledigt.

In der Doppelbedeutung des Wortes „Erledigt" trifft dieser Begriff auch auf die psychische Verfassung Roberts am Fuße dieses Tages zu. Er stellt das Schlüsselwort für die bio-psycho-soziale Überbeanspruchung Roberts dar, die er ständig erfährt bei seinem Bemühen, Ruhe im Nichtstun zu finden.

Durch die zwar kurzen, aber dauernd eintretenden oder auch jeweils nur dräuenden Störungen bzw. Unterbrechungen, gelingt es Robert nicht, sich zu entspannen und Ruhe zu erleben oder etwas zu genießen, was Ruhe schenkt, wie etwa ein musikalisches Erlebnis, eine Lektüre, die zum Mitfühlen und Nachdenken anregt, die konzentrierte Betrachtung eines Kunstwerks, ein intensives Gespräch oder das Eintauchen in Natur.

Robert fühlt sich als Getriebener. Er erlebt das, was er tut, als Zeitvertreib – ein „wunderliches Wort", wie Rilke sagt, weil es doch darum gehen müsste, die Zeit zu halten und nicht zu vertreiben.

In diesem Sinne spricht Horaz sein berühmtes „carpe diem" aus – die Aufforderung: Greif dir diesen Tag, halte ihn fest, genieße ihn und vertraue nicht dem nächsten, denn wer weiß, was er mit sich bringt ...

Für Robert kommt diese Erkenntnis nicht zu spät. Beim gemeinsamen Abendessen plaudert er noch ein wenig mit Lou, bis er sich von ihr und den Tieren für heute verabschiedet, sich in sein Zimmer begibt, sich Kopfhörer aufsetzt und von nun an „ganz Ohr" ist, was Simon Rattle und die Berliner Philharmoniker ihm zu sagen haben.

Endlich ist es soweit: Mit dem von Paukenschlägen begleiteten Einzug Fortunas beginnt der Teil des Tages sowie der Zustand, nach dem Robert sich schon seit Stunden gesehnt hat: das Dolce far niente, das süße Nichtstun!

La mer: Zwei Annäherungen

Galapagos

Schemen im Meer
Albatrossflug
Grüne Zweige
Galapagos

Gischt der Gezeiten
Ewiges Welken
Pelzrobbenfrühling
Galapagos

Seewind verwischt dein Land
Regenlos bleiche Flechte
Bleibt dir allein
Galapagos

Einmal zu dir
Schimmernder Fels
Klippfischgleich sein
Galapagos

Achtlos

Eisriesen
Bläulich querab
Vergessen im Nordatlantik
Blasenschnüre bekriechen die Schiffshaut
Pockennarbig vom Seeschneckenschleim
Brüchiges Blech
unsinkbar

Sonntags auf dem Emder Wall

Verantwortungsvoll

Man sieht sie häufig auf dem Emder Wall.

Leicht vorgebeugt schiebt sie ihr Fahrrad, hinter dem die kleine Frau fast verschwindet. Sie trägt eine blassrote Windjacke. Schlohweiße Haare umrahmen ihr Gesicht, wache Augen schauen aus ihm heraus.

Begleitet wird die alte Frau von ihrem Hund, einem kleinen schwarz-weißen Terriermischling, dem es zur Gewohnheit geworden ist, unentwegt zu bellen.

An diesem frühen Sonntagmorgen begegnen mir Frau und Hund auf einem der Wallzwinger. Es ist noch kühl an diesem Maitag, die frische sauerstoffgesättigte Luft vertreibt die Müdigkeit. Die Frau schiebt ihr Rad, der Hund bellt. Im Vorbeigehen ein kurzes gegenseitiges „Moin".

Aus dem Augenwinkel sehe ich, wie die alte Frau sich bückt, etwas aufhebt. Ich schaue zurück: Rund um eine Parkbank verteilt, sind die Überreste eines offenbar sehr geselligen Samstagabend-Vergnügens nicht zu übersehen. Nicht zu übersehen? Ich bin gerade an der Parkbank vorbei gelaufen ...

Die alte Frau hat sich inzwischen mehrfach gebückt, hat Pappschachteln, Dosen, Minifläschchen und nicht näher Definierbares aufgeklaubt, ist ein paar Schritte gelaufen und hat ihre Hände in einen der grün gestrichenen Abfallbehälter entleert.

Als ich zu ihr gehe, um zu helfen, hat die Frau bereits alle restlichen Abfälle beseitigt. Sie sagt noch: „Diese Schmutzfinken!" Dann geht sie zu ihrem Fahrrad.

Der Hund hat aufgehört zu bellen und mir fällt auch nichts mehr ein, was ich jetzt noch sagen könnte ...

Gefahrvoll

Zwei quadratische Bodenöffnungen an beiden Rändern des Weges. Sie münden in kreisrunde, verrohrte Löcher, deren Durchmesser und Tiefe gleichermaßen geschätzte 40 cm betragen.

Eine richtige Stolperfalle. Ein Fehltritt kann Schienenbeinknochen oder Mittelfuß brechen lassen, vielleicht auch Schlimmeres bewirken.

Wie schafft man es und wer macht sich wahrscheinlich nächtens die Mühe, eiserne Gullydeckel aus ihrer Verankerung im Boden herauszureißen?

Wollte jemand damit seiner Freundin oder seinen Kumpels imponieren?

Hatte jemand vor, die schweren Deckelroste als Alteisen zu verkaufen? Plante jemand einen Überfall, um nach solcher Vorbereitung den Hingestürzten einfacher berauben zu können?

Oder wollte sich einer bloß an dem Leid eines Verunglückten weiden?

Sitzt er vielleicht gerade getarnt irgendwo im Gebüsch und wartet auf den Kick, den Adrenalinausstoß, wenn sein Opfer in die Falle tappt? Ist er ein Rächer, ein Heimzahler, der selbst geschädigt wurde und sich für sein eigenes Unglück am Missgeschick anderer Menschen schadlos halten will?

Möglicherweise wusste der Unbekannte noch nicht einmal genau, was er tat; möglich auch, dass er alkoholberauscht einfach seine Macht spüren wollte, die doch nur seine Schwäche verdeckt?

Wie dem auch sei: Ich wünsche ihm die Pest an den Hals!

Geräuschvoll

Irgendwo hämmert ein Specht.

Überall dringt frühlingshaftes Vogelzwitschern aus den Gebüschen Von Ferne schallt Glockenklang aus dem Turm der Martin-Luther-Kirche und übertönt das ‚Klack, klack' der Stöcke sportlich gewandeter Paare, die mit weit ausholenden Schritten und Armbewegungen flott die Wallwege durchmessen.

Ein jäher Windstoß lässt die Wipfel hoher Pappeln ächzend erzittern. Hunde bellen, in Panik versetzt vom Knallgeräusch der Kleinkalibergewehre, die in unregelmäßiger Folge auf den Schießbahnen am Schützenhof abgefeuert werden.

Ein Kanalboot nähert sich leise tuckernd auf dem Wallgraben. An der Kurve vor der Boltentorsbrücke gibt der Bootsführer zwei schrille Signaltöne ab.

Aufgeschreckt durch stöbernde Hunde flüchtet ein Teichhuhn flatternd mit Getöse übers Wasser.

Ein Eisenbahnzug in Richtung Norden nimmt rumpelnd Fahrt auf.

Mit lautem Gekreisch zanken sich fressgierige Möwen um Köderfischreste, die nächtliche Angler hinterlassen haben.

Irgendwo hämmert ein Specht.

Ich freue mich über die morgendliche Vielfalt an Geräuschen, die das hochfrequente Tinnitus-Rauschen in meinem Kopf für eine Weile fast überdeckt.

Allerlei Rauch

"...und alles, was atmet und alles was brennt und alles, was leuchtet, comes home in the end...."

(Songtext der Band Peer: „Auf hoher See" / CD „Galaktika", 2014")

Er hatte lange nachgedacht über Heraklits philosophische Erkenntnis: „Panta rhei", alles fließt. So richtig ihm diese These auch schien, sein eigenes Leben vermittelte ihm daneben auch noch eine andere Erfahrung: Alles brennt, alles löst sich in Rauch auf!

Das jedenfalls waren die Begleiterscheinungen wichtiger Ereignisse in seinem Leben gewesen.

*

Als die Phosphorbombe den Dachstuhl des Hauses, in dem er wohnte, durchschlagen und das Gebälk in Brand gesetzt hatte, stand noch lange eine hohe Rauchsäule über der ausgeweideten Ruine und fesselte kurzzeitig die Blicke der vorüberhastenden Menschen.

Man war jetzt ausgebombt!

Damals war er ein Kleinkind gewesen, wie auch später noch in der sogenannten Nachkriegszeit, als seine Eltern versuchten, inmitten des Mangels, der

Unzulänglichkeiten und Provisorien eine Art von Normalität auszugestalten durch das Entzünden einer rot gefärbten Wachskerze, die aus Ersparnisgründen stets nur kurzzeitig vorweihnachtliche Heimeligkeit verbreiten durfte und deren Flamme schließlich zwischen zwei angenässten Fingern ausgemacht wurde, sodass die wenigen letzten Wachsreste sich in einem stinkenden stearingetränkten Rauchfaden verflüchtigten.

*

Die wiederbelebte Wirtschaft brachte Wohlstand und mit ihm das Bedürfnis, Krieg und Mangel zu verdrängen. Wann konnte man das besser als am Abend des Jahreswechsels?

Erinnerungen wurden ihres einstigen Zusammenhangs beraubt, gleichsam pulverisiert und mit Böllern, Kanonenschlägen und zahllosen Raketenstarts als Ode an künftige Freuden verpulvert. Was blieb, war beißender Rauch aus schwelenden Gasen, die sich am Boden ausgebreitet hatten und sich nur allmählich verflüchtigten.

*

In besonders auffälligen Schachteln waren sie verpackt, die Orientzigaretten des Vaters. Die blaue Nil, die weiße Abdullah, die gelbe Senoussi und erst recht die grüne Simon Arzt in der Blechdose zu 50 Stück.

Ihre Aufmachung regte die Sinne ebenso an wie die ovale Beschaffenheit der eng gepackten Zigaretten und ihr Geruch.

So anders und fremdartig wie die Welt der fliegenden Teppiche, von Kalif Storch und dem kleinen Muck, von Ali Baba, den Weisen aus dem Morgenland, Kara Ben Nemsi sowie dem unverwüstlichen Hadschi Halef Omar Ben Hadschi Abul Abbas Ibn Hadschi Dawuhd al Gossarah.

Angezündet rochen die Zigaretten scheußlich. Nichts ließ einen an Weihrauch oder Myrrhe denken, sondern eher an getrockneten Kameldung, wenn das silberne Sturmfeuerzeug den blassbraunen Tabak entflammte und in bläulichem Rauch aufgehen ließ.

Abgelegt im Aschenbecher erzeugten sie filterlos, fest gestopft sowie eng aneinander gepresst ein dauerhaftes sanftes Glimmen, das die Sinnespforten für orientalische Phantasiereisen weitete.

*

Im Bretterverschlag, der einmal als Ziegenstall gedient hatte, zog es kalt durch die bleistiftbreiten Ritzen. Die kleine Gruppe der Jungen hatte sich wieder einmal zum heimlichen Rauchen eingefunden. Im Halbdunkel des Stalls war am Aufleuchten der Zigarette, die von Hand zu Hand weitergegeben wurde, zu erkennen, wer gerade einen Zug getan hatte. Bis auf ein gelegentliches Krächzen, mit dem ein anfallsartiges panisches Husten unterdrückt werden sollte, herrschte Stille im Verschlag.

Die Jungen wollten nicht entdeckt werden und verhielten sich entsprechend vorsichtig.

Mit einem Feldstecher bewaffnet, beobachtete allerdings der Vater eines der Jungen vom Haus aus den Ziegenstall und schmunzelte, als er den Zigarettenqualm bemerkte, der aus den Ritzen drang.

Weil er seine eigenen Rauchgewohnheiten genauer kennenlernen wollte, hatte der Mann seinen täglichen Konsum überprüft und dabei festgestellt, dass sich der Inhalt seiner Overstolz-Packung in letzter Zeit ständig auf wundersame Weise reduzierte ...

*

Cherchez la femme: Die Suche nach einem weiblichen Wesen und du weißt, warum Jungs Dinge tun, die sie nicht tun sollten.

Wir befinden uns in Bad Liebenzell, einem an der Nagold gelegenen Kurort im nördlichen Schwarzwald.

Die Erwachsenen beschäftigen sich mit Wassertreten und machen ihre Aufgüsse nach Pfarrer Kneipp, die Kinder malen, kneten und langweilen sich. Sie wollen etwas tun, am liebsten etwas Verbotenes.

Ihr Treffpunkt ist die Brücke an der Nagold. Unter dem Brückenbogen sind sie sicher vor neugierigen Blicken.

Das Regiment dort führt Rita. Sie ist schon vierzehn und hat verwegene Ideen und das Sagen: Alle müssen ihr Taschengeld vorzeigen. Davon sollen Schlickersachen gekauft werden. Aber Ritas Ambitionen gehen weiter: Sie will rauchen!

Wer von den Jungs ihr eine Packung „Lux" besorgt, bekommt einen Kuss von ihr. Die elf-, zwölf- und dreizehnjährigen Bürschchen bekommen rote Köpfe. Rita ist der Gegenstand ihrer heimlichen Begierden; sie malen sich Gott weiß was aus und übertreffen sich in Maulheldentum.

Als die Gruppe dann aber den Laden betritt, um in umständlichen und langwierigen Prozeduren Taschengeld gegen Süßigkeiten einzutauschen, traut sich nur Walter, der schüchterne Walter, den alle immer nur mit dem Spottvers „Walter, Walter, wenn er pupt, dann knallt er" lächerlich gemacht haben, an das Regal mit den Zigarettenschachteln heran.

In einem unbeobachteten Moment greift er zu und fischt eine gelborangefarbene Packung aus dem Bord. Die Süßigkeiten werden ordnungsgemäß bezahlt, die Zigarettenschachtel aber geklaut.

Zurück unter dem Brückenbogen nimmt Rita huldvoll die Packung entgegen, verweigert aber die versprochene Belohnung. Lapidar sagt sie: „Keine Lux, kein Kuss", öffnet dann mit dem Fingernagel die „Ernte 23"-Schachtel, klopft sich gekonnt eine Zigarette heraus, lässt sich von einem ihrer Verehrer Feuer geben und zieht genüsslich an ihrem Glimmstängel.

Sie lehnt sich dabei genießerisch weit zurück, sodass der Ansatz ihres mädchenhaften Busens sichtbar wird, verdreht ihre Augen und kostet es hörbar aus, einen Schwall Atemluft, die von Rauchpartikeln gesättigt ist, ihren Lungenflügeln entströmen zu lassen.

Walter errötet beim Anblick des Bildes, das sich ihm hier bietet. Rita lässt sich nichts anmerken, aber Walters Reaktion ist ihr nicht entgangen.

Rita genießt ihre Wirkung ...

*

Die Musik der „Doors" flutet den Raum, in dem sich die Rauchschwaden der Gitanes oder Gauloises mit dem Rauch von brennendem Gras mischen. „Come on baby light my fire" ist die Hymne an das verrauchte, an das verruchte Leben.

Hier hat der Spruch: „No risk, no fun" seinen Ursprung. Das Leben in vollen Lungenzügen zu genießen, ist das pathogene Privileg der „Sex and Drugs and Rock`n Roll" Generation.

Schon sterben die Ersten, die Besten: Janis, Jim und Jimi. Ihre Namen sind das Menetekel: Der Klub 27, die Flammenschrift an den Wänden, die uns mahnen soll, damit aber erfolglos bleibt, weil jeder seine eigenen Erfahrungen braucht, machen muss.

*

Schweißperlen glänzen in ihrem Gesicht, erhellt von dem unsteten Licht einer Kerze, deren herabtropfendes Wachs den Hals einer bauchigen Chiantiflasche verdickt.

Intimes Verlangen ist glücklich gefügt zu leiblicher Nähe.

Die Zigarette danach: Die Selbstgedrehte lässt Rauchfäden entstehen, die einander wie im Spiel durchdringen, bevor sie sich gegenseitig verschlingen und schließlich in einem dichten Rauchschwaden eins werden.

*

Nesteln am Tabaksbeutel. Die Nase erkundet das Rum-Aroma und prüft schnuppernd den Anteil von Vanille und Latakia.

Mit Daumen, Zeige- und Mittelfinger nimmt er eine Prise des aromatisierten Tabakkrauts und stopft den von dunklen Streifen durchzogenen Grobschnitt in den Pfeifenkopf, der wie eine Kastanie glänzt und ihm heute besonders kostbar erscheint.

Als er mit einem Streichholz die exquisite Tabakmischung angezündet hat und ihm die olfaktorischen Sinne sofortigen Genuss vermelden, beginnt für den Mann der schönste Moment seines ereignisarmen einsamen Tages.

Wehmütig schaut er dem bläulichen Rauch nach, der seiner Pfeife entströmt und sich schon bald danach kräuselnd auf Nimmerwiedersehen verflüchtigt.

Nur ein Restduft von „Erinmore" erinnert ihn noch nach Stunden an das Irland seiner nie ausgelebten Träume: an Bushmills, die Celtic Harps und Glen Hansards „Once".

*

Ausblick

Der rötliche Widerschein glühender Schamottsteine empfängt ihn auf seinem Weg alles Irdischen. In der Hitze, die in der Kammer herrscht, verändern sich die Formen des eingebrachten Guts.

Ein Gemisch aus Wasserdampf und Holzgasen verlässt die Kammer, bevor mittels eines Gasbrenners so viel Energie zugeführt wird, dass die verschiedenen Körpergewebezonen entsprechend ihrer Beschaffenheit nacheinander zu Asche zerfallen.

Dem Verbrennungsprozess wird ein kleiner Schamottstein mit einer eingestanzten Nummer darauf beigegeben, um das Aschehäufchen zuordnen zu können.

Selbst über den Tod hinaus bleibt so seine Identität nachweisbar, denn *alles was atmet und alles was brennt und alles was leuchtet, comes home in the end*, hinterlässt aber eine Spur.

Friede seiner Asche!

Aufbruch im Abschied

Werden
Wege zu
vielfach vereinzelten Pfaden
bleibt doch das Erinnern
an gemeinsamen Aufbruch
erhalten im
Abschied

Im Dschungel

Eine essayistische Betrachtung der Rolle des Erzählers

Ob mit Reden oder mit Schreiben, immer gebrauchen wir Worte, um uns - mündlich oder schriftlich - anderen *mitzuteilen.*

Das bedeutet: Wir *teilen mit* anderen unsere Gedanken, Gefühle, Vorstellungen oder Informationen.

Wir lassen die anderen an alledem *teilhaben*, wir bauen so eine Beziehung zu ihnen auf, eine Beziehung zwischen Sender und Empfänger, die allerdings gelegentlich nicht ganz unbelastet von mancher Art Störungen ist, wie wir aus der Kommunikationstheorie wissen.

Der andere hört oft etwas anderes als der Sprecher oder Schreiber meinte, bzw. sagen wollte, je nachdem, in welchem Modus des Sprechens/Schreibens bzw. Hörens sich die jeweiligen Kommunikanten befinden.

Der andere - das können auch wir selbst sein. In diesem Fall teilen wir uns selbst etwas mit, was uns vielleicht vorher noch nicht vollkommen bewusst war. Diese Funktion haben etwa Selbstgespräche, innere Dialoge oder Tagebücher.

Wenn wir uns also selbst etwas mitteilen, dann kann dies durchaus überraschend für uns sein und uns unter Umständen zu neuen Einsichten verhelfen.

Dies, so denke ich, ist der tiefere Sinn jeder Reflexion, sei sie mündlich oder schriftlich angestellt: Etwas zu einem selbst Gehöriges zum *Gegenstand* eigener, durchaus distanzierter Betrachtung zu machen, es gleichsam zu *vergegenständlichen*, um es danach in einem neuen Licht wahrnehmen zu können.

Wozu also kommunizieren wir, wozu "machen" wir Worte?

Als Menschen sind wir soziale Wesen (d.h. auf andere Menschen angewiesen, so wie andere auf uns angewiesen sind) und folglich nur in Gemeinschaft lebensfähig.

Unser Verständigungsmittel ist in erster Linie die Sprache.

Unter anderem bewahrt Sprache uns vor sozialer Isolation, indem sie dazu beiträgt, andere Menschen für die Unterstützung unserer eigenen Anliegen zu gewinnen oder zumindest dabei hilft, Leser bzw. Zuhörer (gleichsam als Resonanzkörper) zu finden, die uns vor individueller Vereinsamung schützen.

Unsere menschliche Kommunikation lässt sich vergleichen mit dem Ansinnen, einen Dschungel zu durchqueren.

Dabei führen bekanntlich verschiedene Wege zum Ziel

Der deduktive Wissenschaftler wird beispielsweise den Dschungel, mit starrem Blick auf die Gestirne seines Wertehimmels gerichtet, auf direktem Wege durchmessen wollen, während der induktive Wissenschaftler, verschiedene Pfade ausprobierend, nach dem Versuch-und-Irrtum-Verfahren sich seinen Weg bahnt und nur immer mal wieder verstohlen auf seinen Kompass schaut, um sich zu vergewissern, dass er sich noch auf dem rechten Weg befindet.

Der Pädagoge wird vielleicht das Ziel, den Dschungel zu durchqueren, zugunsten der Errichtung eines Waldlehrpfades aufgeben.

Und der mit ungeordnetem Wissen vollgestopfte Examenskandidat sieht möglicherweise den Wald vor lauter Bäumen nicht mehr und wird sich folglich im Unterholzgestrüpp verfangen, bis ihn ein hoffentlich ebenso kundiger wie hilfsbereiter Mensch entweder behutsam *mäeutisch* oder entschieden *machetisch* wieder daraus befreit.

Der Erzähler schließlich hat von alledem etwas:
- von der entschiedenen Zielgewissheit,
- vom suchenden Forschen,
- von der Belehrung,
- von Irrungen und Wirrungen und
- von der nahenden Rettung.

Aber er hat noch mehr!

Er verliert im Dschungel nicht den Blick für den Zauber einer sonnenbeschienenen Lichtung, nicht das Ohr für den klagenden Ton eines verendenden Tiers, er leidet unter der drückenden Schwüle nach einem tropischen Regenschauer oder erschrickt ahnungsvoll vor der wilden Schönheit einer mitleidlosen Natur.

Der Erzähler fühlt sich seltsam angezogen von seiner Umgebung und gleichzeitig gibt er ihr Gestalt.

Er lässt in sich Bilder entstehen; er erschafft sich seinen eigenen Dschungel, seine eigenen Pfade und bildet schließlich erzählend ab, was er zuvor gebildet hat, was also aus seiner Einbildung stammt.

So ist er als „Wortemacher" Schöpfer und Berichterstatter zugleich und die Zuhörer oder Leser seiner Worte folgen ihm, wenn er es überzeugend macht, mit Interesse, gelegentlich sogar blindlings.

Für manche kann der mit Worten erschaffene Dschungel dann sogar zu einer zweiten Heimat werden, in der sie sich, mindestens zeitweise, mehr oder weniger häuslich einrichten ...

Fallobst

Auf einen schlimmen Bombenregen
der Emdens Innenstadt zerlegte,
folgte im Herbst ein Apfelsegen,
der Menschen damals sehr bewegte.
Er zeigte: Selbst wo Bomben fliegen,
lässt sich Natur nicht unterkriegen.
Man nimmt es als ein Hoffnungszeichen,
der Krieg muss stets dem Frieden weichen.
Sind auch die Äpfel noch so grün,
Fallobst ist Bomben vorzuziehn`!

Vom Hühnerstall nach Hollywood ...

Kennen Sie das auch von sich: Plötzlich schießt Ihnen ein Wort, ein Satz oder eine Redewendung durch den Kopf, unkontrollierbar wie das geräuschvolle Luftaufstoßen eines Rülpsers.

So jedenfalls erging es meinem langjährigen Freund Johann, den hier alle „Joke" nennen, obwohl mit ihm gelegentlich nicht zu spaßen ist und er ganz generell auch eher den Miesepeter als den Sunnyboy gibt.

Ohne dass er es gewollt hätte, und auch ohne jede Vorwarnung ergriffen auf diese Weise jählings ein paar Worte die Herrschaft über Jokes Bewusstsein. Es war wie bei einem musikalischen Motiv (etwa in einem Schlager), das sich mir nichts, dir nichts im Kopf festsetzt und sein hilfloses Opfer über Stunden nicht mehr verlässt.

Peter Ustinov hat diesen Vorgang mit dem ihm eigenen verschmitzten Humor sehr treffend in einem Bonmot festgehalten: Demnach ist der Schlager ein Lied, das zu dem einen Ohr rein - und aus dem anderen nicht wieder rausgeht.

Bei meinem Freund Joke war der Übeltäter allerdings nicht ein Schlager, sondern ein längst vergessen geglaubtes Lied aus Kindertagen bzw. der frühen Jugend, das seinerzeit zum festen Beschäftigungsrepertoire für verregnete Nachmittage in Schullandheimen gehörte.

Die Rede ist von einer Oma, die im Hühnerstall Motorrad fährt und die auch noch andere ungewöhnliche Dinge tut oder besitzt.

Die schrägen Einfälle dieser „coolen" Oma werden strophenweise vorgetragen, wobei jede Strophe in den Refrain „...ist ´ne ganz patente Frau" mündet.

Dieser Refrain, hier lediglich betrachtet als Redewendung bzw. als Idiom, hatte sich bei Joke in irgendwelchen für uns nicht näher bestimmbaren Arealen der für Sprache zuständigen Gehirnlappen verfangen und widerstand an diesem relativ geschützten Ort allen Versuchen, ihn zu vergessen oder durch verschiedene, gänzlich andere Bewusstseinsinhalte, zu übertünchen, um sie dadurch eventuell auslöschen zu können.

Die mühevoll memorierten und rezitierten Anfänge des Hildebrand-Liedes oder von Caesars „De Bello Gallico" führten dabei ebenso wenig zum Erfolg wie ein Shakespeare Sonett oder der Satz des Pythagoras. Der in dem Refrain versteckte Quälgeist ließ sich dadurch nicht vertreiben.

Erst mit Fontanes berühmter Ballade „John Maynard" schien sich ein Erfolg einzustellen, aber der vermutete Erfolg führte Gefahren im Gepäck, die Joke glücklicherweise rechtzeitig entdeckte und durch eine gedankliche Vollbremsung noch trickreich auszuschalten vermochte.

Konkret: Die Zeile „noch zehn Minuten bis Buffalo" hätte wohl das Zeug gehabt, die „ganz patente Frau" zu übertönen und somit aus Jokes Kopf zu vertreiben um den Preis allerdings für ihn, durch eine so populäre Wortfolge nun erneut in verbale Geiselhaft zu geraten.

Joke wusste sich indes zu helfen, indem er einfach die Abläufe in der sich von Strophe zu Strophe der Ballade dramatisch verknappenden Zeit geringfügig abänderte, den diesbezüglichen Refrain gleichsam verfremdete und dadurch in seiner Wirkung schmälerte, wenn nicht gar aufhob. Bei Fontane sind es am Ende „noch zehn Minuten bis Buffalo", die der havarierten „Schwalbe" vor ihrer Strandung an den Ufern des Eriesees verbleiben. Joke verkürzte diese Zeitspanne eigenmächtig auf achteinhalb Minuten.

Um sich vor weiteren Ohrwürmern zu schützen, fühlte er sich zu diesem literarischen Sakrileg berechtigt, denn eine derartig dreiste Verringerung der Zeitabläufe wie in der Formulierung „noch achteinhalb Minuten bis Buffalo" macht stutzig, lässt aufhorchen, weil sie von der traditionellen Wortfolge abweicht und nicht so leicht und unkontrolliert ins

Gehirn schlüpft, um sich darin zu verschanzen wie die allseits bekannten und bereits zum Idiom gewordenen „noch 10 Minuten bis Buffalo" der Originalversion. Die „10" ist halt ein gängiges, im Alltag gebräuchliches Maß, achteinhalb dagegen nur etwas für Cineasten.

So wohlüberlegt auch Jokes Versuche waren, sich von einer neuerlichen Okkupation seines Gehirns freizuhalten, das Erleiden einer ständigen Wiederkehr der Zeile „ist ´ne ganz patente Frau" blieb ihm nicht erspart.

Mehr noch: Auch der Kontext störte ihn. Dass er seine kostbare Zeit vertun sollte mit Gedanken über eine im Hühnerstall Motorrad fahrende Oma, empfand Joke als Zumutung und - schlimmer geht immer - der Unsinn war steigerungsfähig!

Um sich darüber Gewissheit zu verschaffen, konsultierte Joke die Suchmaschine von Google. Ein einziger Eintrag allein ergab bereits über zwanzig Eigenschaften oder Tätigkeiten jener berüchtigten Oma!

So hat sie beispielsweise
- in ihrem Backenzahn ein Radio
- oder besitzt eine Brille mit Gardinen,
- einen Nachttopf mit Beleuchtung und
- auch einen Kochtopf mit ´nem Lenkrad.

Alle diese interessanten Errungenschaften, die erstem Anschein nach aus dem Jux-Programm einer Erfindermesse stammen könnten, werden durch den bereits vorgestellten Refrain „ist ´ne ganz patente Frau" zusammengehalten.

Leicht zu beeindrucken war Joke schon immer, deshalb nahm es nicht Wunder, dass er der „patenten Frau" als die sich die im Hühnerstall Motorrad fahrende Oma googleseits präsentierte, nun seine ganze Aufmerksamkeit und Hochachtung zuwandte.

Interessanterweise tat er dies, obwohl doch genau jene „patente Frau" ihn gerade jetzt als Ohrwurm quälte.

Aber es war nun einmal so: Wenn es ein Begriff geschafft hatte, von Google erfasst zu werden, dann musste etwas an der Sache dran sein. So jedenfalls dachte Joke, der im digitalen Zeitalter noch nicht vollständig angekommen war und sich aus diesem Grund zusätzlich nach „alter Art" in einem Lexikon über das Adjektiv „patent" informierte, dem in dem Idiom „`ne ganz patente Frau" zweifellos die Rolle eines Schlüsselworts zukommt.

Das „Wörterbuch der deutschen Sprache" listet folgende erklärende bzw. synonyme Bedeutungen auf: geschickt, tüchtig und zugleich freundlich und sympathisch.

Weil Joke außerdem stets gründlich an die Dinge herangeht, konsultierte er zusätzlich auch noch den DUDEN, der eine etwas andere Akzentuierung vornimmt. Hier entsprechen dem Begriff „patent" die Worte: praktisch tüchtig, brauchbar sowie elegant gekleidet.

Beide lexikalischen Werke stimmen also im Begriff „tüchtig" völlig überein und akzentuieren im übrigen unterschiedliche Seiten im Bedeutungsspektrum des Wortes „patent".

Joke kam ins Grübeln. Ähnlich einem Rosenkranzgebet, bei dem Perlen nacheinander durch die Hände gleiten, bewegten sich die einzelnen Wortbedeutungen in einer ständigen Schleife in seinem Kopf. Unversehens stoppte der Kreislauf der Wortbedeutungen und wich einer plötzlichen Erkenntnis: Die verschiedenen Wortbedeutungen beschrieben nicht nur abstrakt jene ganz patente Frau, sondern sehr konkret Jokes eigene Oma Dolly, die allerdings weder ein Motorrad, geschweige denn einen Hühnerstall besaß, in dem sie hätte umherfahren können.

„Gott sei Dank", dachte Joke, „dass sich Omas Zweirad-Interesse seinerzeit mit dem Kauf eines Mopeds der Marke NSU Quickly anlässlich meines 18. Geburtstages erschöpft und dadurch für immer erledigt hat."

Denn selbst, als die Fahrerlaubnis für alle Motorräder unter 125 Kubik in den regulären PKW-Führerschein integriert wurde, blieb Oma Dolly in dieser Angelegenheit standhaft.

"So eine olle Knatterbüchse passt nicht zu mir", sagte sie nur, wenn jemand sie zum Kauf einer Horex, NSU, BMW oder sogar einer Enfield überreden wollte.

Eine so entschiedene Absage fiel Jokes Oma übrigens auch nicht schwer. Im Gegensatz zu der ohrwurmerzeugenden Jux-Oma entsprach Dolly nicht nur den in beiden Sprachlexika aufgeführten Umschreibungen des Wortes „patent", nämlich: geschickt, praktisch, tüchtig, sondern sie wurde auch wegen ihres freundlichen Wesens und ihrer sympathischen Art allgemein geschätzt.

Besonders auffällig an ihr war jedoch die Eleganz, mit der sie sich kleidete und auch bewegte.

Nicht zuletzt dieser Eigenschaft verdankte sie es, dass Major Stuart F. McKinley auf sie aufmerksam wurde und die erst zwanzigjährige Dolly, das „Fraulein" Dolly, zu einem Ball einlud, der anlässlich von Thanksgiving im Offizierskasino der US Army in Bremerhaven stattfand. Beim Tanzen kam man sich näher und als Major McKinley zurück in die Staaten beordert wurde, nahm er Dolly als seine Ehefrau mit in das sonnige Kalifornien.

Dolly wurde von ihrer Herkunftsfamilie, die im nass-kalten Bremerhaven zurückbleiben musste, glühend beneidet. Gleichsam als Trost wurde etwa bei Familienfesten, bei denen traditionell viel gesungen wurde, auch ein Schlager aus den 20er Jahren angestimmt, dessen Refrain einen sehr einprägsamen Reim enthielt, der so lautete:

„Jetzt geht's der Dolly gut, sie lebt in Hollywood..."

Kaum hatten Jokes Erinnerungsbemühungen diese Zeile im Refrain erreicht, war auch schon die Falle zugeschnappt, entließ allerdings gerade noch rechtzeitig die bislang in auditiver Geiselhaft befindliche „ganz patente Frau". Leider war es der „in Hollywood lebenden Dolly" nicht vergönnt, sich der „ganz patenten Frau" anzuschließen und Jokes` Ohr ebenfalls zu verlassen.

So aber geschah es, dass Joke seiner Oma unfreiwillig sein Ohr leihen musste, was aber der alten Dame, die sich schon des Öfteren über Jokes Gedankenlosigkeit und Vergesslichkeit gegenüber ihren Gesprächswünschen beschwert hatte, nur recht sein konnte.

Denn jetzt hatte Dolly ihren Lieblingsenkel Joke endlich einmal ganz für sich, wenn auch bloß in der Trivialität eines Schlagertextes ...

Über`n Deister

Ein Lehrstück für Kommunalpolitiker

In einem Dorf am fernen Deister,

da lebte Kunz der Bürgermeister

zufrieden - doch auch mit Verdruss,

denn manchmal war er schlecht zu Fuß.

So wollt' er eine Kutsche haben,

an deren Deichsel Rösser traben.

Ihm war`s egal, ob schwarz ob weiß,

nur zahlen wollt` er nicht den Preis

dafür - denn solche Sachen

ließ er gern die Gemeinde machen.

Dass die Gemeinde zahlte, war von Reiz,

jedoch er kannte auch den Geiz

der knauserigen Ratskollegen.

Sie ließen sich nicht leicht bewegen

und war´n voll Widerstand, wenn er was wollte.

"Oh, dass sie doch der Teufel holte!"

Doch Kunz war klug, er wusste nämlich,

Gemeinderatsvertreter sind oft dämlich.

So trat er vor den Rat und sprach:
„Mich plagt ein großes Ungemach.
Wir müssen eine Kutsche kaufen,
davor zwei schmucke Pferde laufen.
Zwei Schimmel oder auch zwei Rappen?
Ihr seht mich hier im Dunkeln tappen.
Ich brauche euren Sachverstand,
nehmt doch die Sache in die Hand!"
Das taten sie, und zwar mit Fleiß.
Sie reden sich die Köpfe heiß.
Statt Grundsatzkritik am Kutschenkauf,
hält sich der Rat mit Nebensächlichkeiten auf.
Meinung für Meinung wird erst ausgetauscht
und dann konfliktverschärfend aufgebauscht.
Es liegen sich jetzt auch in den Haaren,
die vordem gut befreundet waren.
Es ist im Clinch die Weiß-Fraktion
mit den Befürwortern der Schwarz-Union.
Die Streitigkeiten gehen hin und her
und her und hin und auch zurück.
Nach 7 Stunden ist`s ein Glück,

als einer sagt, jawohl, man fände,
die Diskussion hätt' nun ein Ende.
Der Bürgermeister könnt' sich freun`,
es soll ein Schimmel und ein Rappe sein,
nebst Kutsche um davor zu laufen.
Das würde die Gemeinde kaufen.
Als dann die Kutsch` ins Dorf reinrollte,
da hatte Kunz das, ... was er wollte!

Eine Leiche im Keller

Wie jeden Tag ging Herr K. auch an diesem Nachmittag mit seinem Hund spazieren. Mit langsam bemessenen Schritten bewegten sich Herr und Hund über unebenes, zum Teil versacktes Trottoir, aus dessen steinernen Kanten und erdigen Ritzen wildwachsende Gräser hervorlugten.

Im Gegensatz zum naturwüchsigen, ungeregelten Grün, das sich auf Bürgersteig und Straße breitgemacht hatte, offenbarten die Vorgärten, Hecken, Garageneinfahrten und Haustürwege in aller Regel, dass Hausbewohner oder eigens dafür beschäftigtes Gartenpersonal gewillt waren, das wilde Grün zu mähen, zu stutzen, zu beschneiden oder gar ganz zu entfernen.

Machten auch die von der Gemeinde bewirtschafteten öffentlich zugänglichen Flächen oftmals einen ungepflegten, gelegentlich sogar etwas verwahrlosten Eindruck, so schien bei dem im privaten Besitz befindlichen Grund und Boden auf den ersten Blick alles in Ordnung zu sein: Gefegte, von Unkraut befreite Toreinfahrten, akkurat beschnittene Gehölze, Rasenkanten wie mit dem Lineal gezogen.

Herr K. konnte die Übergänge der Straße zu den Häusern ausgiebig studieren, da er als Begleiter seines Hundes gezwungen war, jeweils nach einigen Metern Wegstrecke stehenzubleiben um seinem Tier Gelegenheit zu geben, durch intensives Schnüffeln, die letzten Neuigkeiten aus der lokalen Hundewelt aufzunehmen und zu verarbeiten.

„Zeitungslektüre" nannte Herr K. diese Form der olfaktorischen Informationsaufnahme, die durch gezielte tröpfchenweise Selbstauskünfte des eigenen Hundes interaktiv ergänzt wurde und damit allen übrigen Artgenossen als wechselseitige Informationsaustauschbörse diente.

An einer betonierten Garageneinfahrt wurde Herr K. zu längerem Verweilen genötigt. Der Intensität nach zu urteilen, mit der sein Hund die Nase auf den Boden gerichtet hielt, hatte dieser offenbar sensationelle Neuigkeiten aufgeschnappt, bzw. erschnüffelt.

Als er gerade an der Hundeleine ziehen wollte, um dem Hund zu signalisieren, dass er beabsichtigte, endlich weiterzugehen, bemerkte Herr K. an einem Fenster des Hauses, vor dem er gerade stand, aus den Augenwinkeln die Bewegung einer Gardine.

Offensichtlich wollte hier ein Mensch etwas beobachten aber selbst ungesehen bleiben.

Herr K. ahnte sofort, welchem besonderen Umstand das Verhalten im Verborgenen geschuldet war.

Wahrscheinlich konnte die Person hinter der Gardine, die vielleicht schon seit längerer Zeit ihren Beobachtungsposten am Fenster eingenommen hatte, ihre Befürchtung nicht loswerden, Opfer der Verunreinigungsattacke eines Hundes zu werden.

Deshalb musste sie darauf achtgeben, dass nicht etwas so Abscheuliches und Ekel Erregendes wie das „Lösen", „Abkoten", „Scheißen" bzw. „Kacken", eines Hundes, das nur allzu oft als ein „großes Geschäft machen" euphemisiert wird, ausgerechnet auf ihrem Grund und Boden, zumal auf der peinlich von Unkräutern befreiten und gefegten Garageneinfahrt, stattfand.

Zu ihrem Leidwesen konnte die Person hinter der Gardine den Hund auf ihrem Grundstück nicht erkennen, da ihr die Sicht durch eine Konifere verbaut war. Nur die Hundeleine in der Hand des Herrn K. ließ immerhin den Schluss zu, dass sich möglicherweise gerade ein Hund dort „erleichtern" wollte.

Diese Möglichkeit allein genügte der Person hinter der Gardine. Sie hatte schließlich genug gesehen und fühlte sich nun zur Intervention berufen: Die Gardine wurde zur Seite geschoben, und gab den Blick frei auf eine ältere Frau, die jetzt abrupt das Fenster öffnete und Herrn K. erbost anschrie: „Nehmen Sie ihren Hund da weg und gehen sie!"

Herr K. blieb in der gelassenen Stimmung, in die er geraten war, nachdem er sich beim Gassi gehen mit dem Hund voller Geduld dessen Rhythmus angepasst hatte. Sehr ruhig rief er zurück: „Warum sollen wir weggehen?"

Doch mit unverminderter Lautstärke schrie die Frau ihn erneut an: „Ihr Hund macht da hin, gehen sie weg!"

Darauf Herr K.: „Mein Hund erleichtert sich doch nicht bei Ihnen, er schnüffelt nur besonders intensiv und sehr gezielt.

Mein Hund ist nämlich ein ausgebildeter Leichenspürhund. Es kommt gar nicht so selten vor, dass wir auf unseren Spaziergängen auf Anwohner treffen, die noch eine Leiche im Keller haben. Kann es sein, dass auch Sie zu diesen Leuten gehören? Das würde jedenfalls das unruhige und aufgeregte Verhalten meines Hundes erklären! Ich schlage vor, dass wir mal nachsehen, wo Sie ihre Leiche versteckt haben?"

Geschockt von der versteckten Beschuldigung im Vorschlag des Herrn K. schloss die Frau daraufhin abrupt ihr Fenster und auch hinter der Gardine war ab sofort keine Bewegung mehr zu erkennen.

Herr K. und sein Hund setzten gemächlich ihren Spaziergang fort und entfernten sich langsam von einer Hinterlassenschaft, die neben einer betonierten Garageneinfahrt auf privatem Grund und Boden weitgehend unbemerkt vor sich hindampfte.

Der arme Hund hatte sein Bedürfnis nach Erleichterung angesichts der langwierigen Unterhaltung nun tatsächlich nicht mehr aufhalten können.

Es war aber keine Leiche, was da so zum Himmel stank!

Parkinsonaden

Parkinsonkranken - sein wir ehrlich,
ist meist das Aufsteh`n schon beschwerlich.

Verdreht und steif sind die Gliedmaßen:
Mit Parkinson ist nicht zu spaßen.

Bei Parkinson schmerzt jede Regung,
dennoch empfiehlt sich viel Bewegung.

Vorsichtig wird der Blick gesenkt,
wenn Parkinson die Schritte lenkt.

Es sprach ein Parkinson-Patient:
„Man nennt mich auch Old Zitterhand."

Heut` Morgen geht es mir famos,
denn ich bin meinen Tremor los!

Um zwölf Uhr aber kriegt Herr Parkinson
am Mittagstisch das Zittern schon.

Der Parkinson trifft Frau und Mann.
Das Gute ist: Man stirbt nicht dran!

Man muss am Parkinson nicht sterben,
doch lässt er sich vielleicht vererben???

Dein Buckel und dein Muskelschwund,
sie zeigen: Du bist nicht gesund!
Geh mal zum Neurologen hin,
denn der verschreibt dir Dopamin.

Wenn Anteilnahme ist auch schwer,
man gibt sie doch von Herzen.
Unprätentiös kommt Zuspruch an
und lindert Parkinson'sche Schmerzen.

Der Schelm

Er ist ein Mensch, dem es beliebt,
dass er den Eulenspiegel gibt.
Dem Mitmensch' wird`s zum Ärgernis,
doch ihm ist dann der Spaß gewiss.
Er piekst mit Nadelstichen für gewöhnlich;
jedoch vom Wesen her versöhnlich,
liebt er die Menschen, die ihn hassen
und wird sie stets am Leben lassen.
Die Lust am Pieksen ist verbreitet,
weil sie auch so viel Spaß bereitet.
So ist bei jeder Eselei
der Schelm in uns recht gern dabei.
Läuft was nicht rund, kommt wer zu Schaden,
muss jemand ein Problem ausbaden,
beginnt zumeist das alte Spiel:
Manch einer heuchelt Mitgefühl.
Der Schelm jedoch bleibt dabei ehrlich,
ist`s auch für seinen Ruf gefährlich.
Und er hat Ziele, die er will erreichen,

doch niemals geht er über Leichen.
Auch ätzt er nicht mit Säuren oder Laugen,
allein es zwinkern seine Augen.
Ein Schelm bleibt, sei es, wie es sei,
Spott, Ironie und Nadelstichen treu!